忙しい日でも、おなかは空く。

平松洋子

文藝春秋

目次

1　忙しい日でも、おなかは空く

2　今日はうちにいたい

3　自分の味をつくる

4　なにかを変えたい

忙しい日でも、おなかは空く。

写真　竹内章雄

1

忙しい日でも、おなかは空く

塩トマト

わずかな手間だけれど

肩で息をして、前のめりになりながらようやく家に帰りつく。冷たい水をコップに一杯。いや、ここはやっぱりビールじゃないだろうか。水に伸ばした手をぐっとがまんして引っこめる。

飲めても、飲めなくても。そんな間合いのひと呼吸はだれにでもある。息せき切って待ったなし、気分はつんのめるばかりなのだが、どうどうと自分をいなして懸命に立ち止まってみせる。だって、ここでほんの少しだけ自分をがまんさせたら、あとできっと大きな喜びがやってくるのだもの。それを知っているからこそのおとなの知恵です。

まっ赤なトマトがここにひとつ。かぶりつきたいほどたっぷりと熟れて、きらきら光っている。さっと包丁を入れて切り分けて食べたいところだが、ここでひと呼吸。いつものトマトをぐんとおいしくさせる手だてがある。切ったトマトをボウルに入れ、塩をふたつまみほど。ボウルぜんたいを軽く返すようにして混ぜ合わせ、十分ほどそのまま置く。

ただそれだけのことなのだが、切ったトマトに塩をかけたものとあらかじめ塩をなじませたトマトの味は、まったく別ものだ。浸透圧でうちがわから水分が出て、いちだんと濃厚な風味。塩の味わいもトマトの実によく馴じんで、まろやかさを帯びている。

たった十分、ほんのわずかな時間。なんということのないひと手間なのに、驚くほどおおきな変化が待っている。だからこのおいしさを一度知ったら、どんなに気が急いていても、ようし十分待つかという気にさせられる。

忙しくてもおなかは空く。ときどき待っていてくれることも、忘れたふりをしてくれることもあるけれど、「やっぱりおながが空いたよう」と自分のからだが声を上げるから、「うんわかった、もうじきだから待っていなさい」と返事をする。

自分を手なずける方法はたくさん知っていたい。繰り出せる手だてがあれば、自分で自分のめんどうを上手に見てやれるどころか、それ以上のよろこびを受けとれるから。

作り方

①トマトをくし形に切ってボウルに入れ、ふたつまみの塩を振りかける。
②少し揺すりながらよく混ぜ合わせ、10分ほどそのまま置く。

冷やしなす

先手を打つ

先手を打つと、自分も相手もらくになる。渡した手土産を「いっしょに食べたいな」と思って持参したとき。気のおけない間柄なら「みんなでいっしょにいただいたら楽しいなと思って」。すっと先手を打つと、渡された相手は「開けずにあとでいただけばいいかしら。それとも……」などとあれこれ迷うこともない。かくしてめでたし、なごやかなお茶の時間のはじまり。

先回りをするのは、自分のこと、相手の都合、まわりの状況、あれこれわかったうえでのこと。いい手が打てればすべてが過不足なくおさまるから、おたがいに気持ちがいい。

　自分だけのためにも、先手を打っておくとずいぶん楽になる。予測をつけて、さっさと先回り。あとであたふたする可能性を自分でなくしておくのである。これもまた、ひとつの知恵ですね。

　さて、そこで冷やしなすである。初夏を迎えて八百屋の軒先に艶やかな紫が出回りはじめたら、三日と空けずこしらえるひと品がある。それが冷やしなす。なすはぴんと皮の張ったもの、ぴっかぴかに輝いているものを選ぶ。いちどきに五本か六本買い求め、静かな夜中にひと仕事。鍋にだしを沸かし、そこに切れめを入れたなすを入れてことこと煮るだけ。なすがやわらかく煮えたら火を消してそのまま冷まし、粗熱《あらねつ》が取れたら保存容器に入れて冷蔵庫へ。

　きいんと冷えたやわらかいなすを箸で持ち上げ、口に運ぶ。とろり。しんなり舌に寄りかかってきて、たっぷりとだしを含んだなすの滋味がじわっと広がる。ああ思わず目を閉じてしまいそう。初夏の朝、または疲れて帰ってきた夜。あのひんやりと芳しい味わいが冷蔵庫のなかで待っていてくれると思うと、にわかに元気が湧き出る。

　夜中にひと仕事はめんどう、ですって。ええ、その気持ちはよくわかる。でもね、よいしょと腰を上げてなすを切っていると、みょうに楽しくなる。包丁を入れるたび、きゅっきゅっと勢いのよい音。夜中に台所に流れるだしの香り。ふと気づくと、安らいでいる。

作り方

①なす5本のへたを落として縦に切り、皮に2～3ミリ幅の切れめを入れて水に放っておく。

②鍋にだし汁3カップを沸かして、醤油大さじ1、酒大さじ2/3、塩ひとつまみをくわえ、なすを入れて15分ほど煮る。火が通ったらそのまま冷まし、粗熱が取れたら容器に入れて冷蔵庫で冷やす。

レモンごはん

爽快！ きゅっと酸っぱい

いつもレモンを欠かさない。それどころか、レモンがどこかに転がっていないと妙にさみしい。

レモンのいつもの置き場所はテーブルのうえだ。大きなうつわにレモンをごろごろ。ときおりレモンの黄色やかわいい紡錘形が目に飛び込むと、それだけで爽快になる。

たっぷりレモンの味わいを楽しみたいときは、やっぱりレモネードだ。惜しげなくレモンをぎゅうぎゅう搾って、湯を沸かす。おおきなカップに果汁を入れて、はちみつもたっぷり。そこへ熱い湯を注ぐ。

カップを両方の掌で抱えて、ほうっと熱い息を吐きながら、少しずつ、少しずつ啜《すす》る。

するとと、最初は酸っぱかったレモンがだんだん味覚になじんで、こんどは甘さやこくが感じられるようになってくる。カップのなかが少なくなったころには、「ああ、残りはたったひとくちか」。惜しいような気持ちになっている。

もちろんレモネードだけではおさまらない。焼き魚、ピーマン炒め、たまねぎのサラダ、アイスクリーム……なんにでもかける。きゅっとひと搾り、すると味わいも一気に締まる。レモンの酸味は、素材の持ち味をぐっと引き立てる最高の仕掛け役だ。

それほど好きなレモンだから、自分なりにひとひねり。

レモンごはんである。そもそもインドではポピュラーな日常のごはんで、米を炊いたあと、レモン汁をかけ回してさっと混ぜる。レモンのフレッシュな酸味が加わるだけで、ごはんの微妙な粘りや甘みがふわっと浮き上がり、なんとも軽やかなマジックがかかる。こんなときだ、私にとってレモンはだいじな調味料なのだと思うのは。

オリーブオイルと塩、レモンだけのスパゲッティもとびきりのおいしさ。レモンだけの炒めごはんもなかなか。だからやっぱり、レモンはごろごろたくさん転がしておかなければ。

作り方

①米2カップを洗ってざるに上げておく。
②鍋にサラダ油大さじ1を入れ、スパイス（シナモン5センチの長さで1本、鷹の爪1本、割ったカルダモン5個）を軽く炒めて香りを立たせる。
③②の鍋に米と水（米と同量より少なめ）、塩小さじ2/3を入れて、ふつうに炊く。
④炊きあがったら、ターメリック小さじ1、レモン汁大さじ1/2とレモンの輪切り3枚を入れて全体をさっと混ぜ、数分蒸らす。

牛すじ煮こみ

自分でつくる、ぷるぷる

「えっ。牛すじの煮こみなんて自分でつくれるんですか」

サカイさんが目をまるくしている。

「居酒屋とか小料理屋とか、外じゃなければ食べられない。プロじゃなくちゃつくれないと思ってました。すっごく好きなのに」

ようするに、「好きな味」と「自分でつくれる味」はべつだと思いこんでいたのですね。勝手に自分で距離をつくって、台所から遠ざけていたというわけだ。

気持ちはよくわかる。そういう料理は、誰にでもいくつかある。たとえばハヤシライスとかデミグラスソースのかかったオムライスとか。居酒屋で気軽に頼むまぐろのぬたとか茶碗蒸しもそう。「好きだけれど、自分でつくったことがない」という味は意外に多い。

牛すじ煮こみもそのひとつ。牛すじ、というところからして、いかにも手ごわそうで腰が引けてしまいがち。ところが、じつはその反対。

「ほんとですか。ほんとにたったそれだけで、この味になるんですか」

信じられません、とサカイさんは目の前の小皿をじいっと眺めている。だいじょうぶ。つくった当の本人が太鼓判を押すのだから。

牛すじは肉屋さんで手に入る。ショーケースには出ていないことが多いから、店先で「牛すじありますか」と聞けばよい。あればすぐ出してくれるし、なければすぐ取り寄せてくれる。ただし、牛すじは質のいいものを。質さえよければよけいな臭いもしないし、妙な硬さもない。

そこから先はとても簡単だ。ゆでこぼして、切って、ゆっくり煮こむだけ。こっくり、こってり、よい香りが台所いっぱい漂ううち、密かにくちびるを嚙むはずだ。

「なぜもっと早くつくる気にならなかったか！」

いいんですよ、今日からで。新しいお楽しみが手に入ったわけだから。ことこと鍋を火にかけるのんびり感。コラーゲンたっぷり。カロリーも少ない。お酒もおいしい。ついてくるおまけも、驚くほどいっぱい。

作り方

①大きな鍋に熱湯を沸かし、あくをのぞきながら牛すじ（約1キロ）を20分ほどゆでる。
②いったんザルにあげ、水でよく洗う。
③食べやすい長さに切る。
④鍋に③の牛すじを入れ、焼酎1と1/2カップを加え、沸騰したら醤油2/3カップとみりん3/4カップを加えて中火で煮る。
⑤30分ほど煮て、山椒の佃煮大さじ2を加える。
⑥全体がとろりとして十分やわらかくなったら、火を止める。

ささみのだしの卵スープ

味覚を清める

だしは面倒なものだと思いこんでいませんか。

だとしたら、それはまったく違う。

だしは、かつおぶしと昆布でとるものだと思いこんでいませんか。

それも全然違う。

おいしいだしは、身近な材料で、「えっ」と拍子抜けするほど簡単にとれます。

たとえば、ささみ。小鍋に水を入れて火にかけ、沸騰する前にささみを数本入れる。火の勢いを弱めて、しばらくことこと。お玉であくをすくいながら煮こむ、ただそれだけで驚くほどいいだしがとれる。忙しいときこそ、この手を。ささみでなければ、鶏もも肉か豚肉。あっさりと淡白で、けれども深いこくのあるだしが、いとも簡単に鍋のなかに現れる。

おいしいだしは、味覚を洗い清める。あら探しをしようにも、よけいな雑味がどこにも見つからない。芯がしっかりとしたうまみがたっぷり溶けだして、舌のうえにまろやかに流れこむ。その瞬間、すーっと一本、きれいな流れが生まれておなかのまんなかに落ちていくような、そんな感覚を味わうのだ。

だから、味つけは塩だけ。醤油をうっかり入れたくなるけれど、ここは譲れない。ほのかな香りやうまみ、透き通っただしの繊細さが醤油にじゃまされてだいなしになってしまうから。

澄んだ熱いスープをひとくち、またひとくち。

「まるで、極上のお酒を飲んでいるみたい」

そう言い表したひとがいる。まあるい、ふくよかなおいしさに酔うような心持ち。なるほど、それがおいしいだしの魅力にほかならない。

ところで、だしを引いたあとの、ささみの行き先は？　もちろん料理に使います。

いいだしがとれたら鍋から出して冷まし、指で細く裂いて和《あ》えものに、炒めものに、なんにでも応用できる。おいしいだしのスープをとれば一挙両得、ささみの料理がもうひとつついてくる。

いちどきにおいしい料理がたちまちふたつ。だしの贈りものである。

作り方

①小鍋に水を4カップ入れて火にかけ、筋を除いたささみを4本加えて、あくを取りながら中火で15分ほど煮る。
②ささみは取り出し、残りのだしに塩適宜、酒小さじ1を加える。
③2センチ長さに切った長ねぎと溶き卵を流し入れ、ひと煮たちしたら火を止める。

梅干し番茶

ひとつぶでほっかほか

毎朝ひとつぶ、ふたつぶ。梅干しを朝ごはんのおともにし始めてから、ずいぶん経つ。起き抜けに、条件反射のように梅干しを思い浮かべるのだから、すっかりからだのほうが梅干しに馴染みきっている。

夏はそうめん、冷やしうどん、サラダ……なんにでも梅干しを入れる。ごはんを炊けば一合につき梅干しを一個放りこみ、さっぱりとした風味の梅ごはん。そのままではもちろん、調味料同然になんにでも。

けれども、季節が秋に向かい、冬が深まるにつれて梅干しはちがう顔を見せることになる。それが、梅干し番茶だ。

梅干しを淹れたての熱い番茶に、ぽとんと落とす。はじめはそのまま、番茶を味わう。するとあるとき、つぼみがほどけるように梅干しの味わいが番茶のなかに広がる一瞬がある。

さあ、ここを逃さない。おもむろに箸を差し入れ、梅干しをほぐす。湯吞みの底で梅干しがふわり、ふわり、厚ぼったい花弁のように散りちぎれてゆっくり舞う。そこを、待ってましたとばかり、湯吞みにくちびるを近づける。

梅干しは、ただ舌のうえにのせれば酸っぱいが、番茶といっしょに混じり合うと、酸味が深さに変わる。番茶の渋みに寄り添うて、こっくりと風味をふくらませる役割を果たすのだ。しかもこれが、なんともあとを引く。

子どものころ、祖母の好物だった。梅干しを湯吞みに落としたときの番茶を、祖母はふだんよりずいぶんゆっくり啜《すす》った。そして、ひとくち啜るたび、白い湯気の立つ息を、しずかに吐いた。その様子をそばで見ているだけでどきどきして、なぜだかおとなの味のように思われた。むじゃきに「わたしも、それ飲みたい」とは口に出せなかったのだ。

風邪を引きそうになったとき、背筋に寒気が走ったときも、おまじないのように梅干し番茶をつくる。自分で自分のからだの調子を思いやりながら、あれからずいぶんおとなになったのだな、と思う。

作り方

番茶または煎茶を淹れ、湯飲みに注いで梅干し1個をそのまま丸ごと入れる。ほぐしながらいただく。

梅干しごはん

夏が来た

夏が近づくと、さっぱりとしたものを食べると元気が出る。ああ、すっきりした。ひとっ風呂浴びた気分になって、新しい元気が湧いてくるから不思議なものだ。

だから、せっせとレモンを搾る。しその葉を刻む。みょうがも刻む。梅干しを食べる。ことのほか、夏に梅干しは欠かせない。かならず一日にひとつぶの梅干し。長年の習慣である。

そのひとつぶを、夏は鍋のなかに放りこむ。お米を炊くとき、梅干しをそのまままるごと、ぽん。昆布の切れはしでも一枚入れれば、上等である。

炊き上がってふたを開けるとき、いつでもどきどきする。まっ赤な梅干しが、まっ白なつやつやのごはんのなかにちょこんと顔をのぞかせている。

わあ！

白地にまんまるの赤。うれしがって、目がほころぶ。

しゃもじを差し入れる。すっかりやわやわになった梅干しの果肉をほぐしながら、ごはんにさっくりと混ぜこんでゆく。すると、ごはんがさわやかな梅干し色に染まる。ふたたび、目がよろこぶ。

梅干しごはんはもう何年来、私の夏の元気のみなもとだ。暑くなってくると、思いがけず白いごはんが重く感じられることがある。ちょっとのどに詰まるような、つぎの箸が伸ばしづらいような、そんな気配を感じると、ああ暑さに負け気味なのかなと察知する。

すると、さあ、いよいよ今年もつくり始めのタイミングの到来だ。

梅干しをそのまま食べるのは苦手というひとにも、ぜひすすめたい。酸味がほどよくやわらいで、すっきりさっぱり。この一膳、今日も一日がんばろうという気持ちを応援してくれる。

作り方
①米2カップを洗ってザルに上げておく。
②鍋に米を入れ、梅干し2個と4センチ角の昆布1枚を埋めるようにして入れ、水を注ぐ。
③ふつうの火加減で炊く。

かぶと豚肉の炒めもの

おいしさには理由がある

むっちり太ったかぶが、八百屋に並んでいる。身の詰まったまっ白のまんまるだ。さっさと手を伸ばせばいいのに、目がくぎづけになったまま、吸い寄せられた。

冬場のかぶは、寒さが運んでくるごちそう。冷えこみが鋭さを増すほどこっくり甘くなる野菜は、たとえばだいこん、ねぎ。そこに、かぶもくわえたい。

「そう言われても、かぶの料理をたいして知らないから使いにくくて」

聞いてみると「かぶの味噌汁。かぶの浅漬け。ええとそれから……」。ふたつ、みっつでぐっと詰まってしまう。

こんなとき、まっさきに教えてあげたくなるのが「かぶと豚肉の炒めもの」だ。

「えっ、かぶを炒めるんですか」

「じゅわっとみずみずしくて、そのうえ甘くてびっくりすること、請け合い」

ただしね、と念を押す。

「いちばんだいじなことは、かぶの厚さ。けっして薄く切っちゃだめ。一センチ以上、たっぷり厚くなくては」

厚みひとつで、かぶの味はべつものになる。薄ければしゃきしゃきの歯ごたえが爽快だが、たっぷり厚く切れば、知らなかったかぶに遭遇する。嚙んだとたん、こくのある汁気がびゅうとほとばしる。

（かぶって、こんなダイナミックだったっけ）

けれども、火の通しかげんが味を左右する。熱し過ぎてはいけない。かぶほど、たった一瞬でがらりと味が変わってしまうものもない。フライパンのなかで表面が艶っぽくなめらかに透き通って光ったら、はいおしまい。なにしろ生で食べられるのだもの、熱が甘さやうまみを背後からあと押しする、そのくらいがちょうどいい。
私は、この料理を二十数年前に初めてつくってから、ずうっと毎冬食べ続けている。食べるたび、かぶのおいしさにびっくりする。

作り方
①大きめのかぶ3個の皮をむき、それぞれ1センチくらいの厚さに切る。豚ばら肉100gも同じ厚さに切る。
②フライパンにごま油大さじ1/2を熱し、豚肉を炒め、塩ふたつまみを振る。余分な脂はキッチンペーパーなどで取る。
③豚肉にこんがり焼け目がついたら、かぶを加え、醤油小さじ1/2、酒小さじ1を回しかけて炒める。
④かぶが透き通ってきたら、火を止め、塩ふたつまみを振って全体を混ぜ合わせる。

具だくさんの味噌汁

ぬくもりも栄養もたっぷり

風邪っぽいな、と思ったら味噌汁。からだをあっためたいな、と思ったらとにもかくにも味噌汁。

長年ひたすら実行してきたおかげで、めったなことで風邪をひかない。いや、調子がよくても悪くても年がら年中、なにかといえば味噌汁だ。つまり、あたかも日々の信仰のようにつくり続けてきたわけである。

たいそうなつくりかたをするわけではない。かつおぶしかいりこのだしをたっぷり、季節の野菜を入れて煮る。最後に味噌を溶き入れて香りが立ったらすぐさま火を止める。煮えばなの熱い味噌汁を舌を焼きながら啜ると、たちまち鼻の先があたたまり、椀の底が見えるころにはからだの芯がぽかぽか火照《ほて》っている。

豆腐の味噌汁、だいこんの味噌汁、じゃがいもの味噌汁、具はありふれた素材でじゅうぶん、季節ごとに出回る野菜さえあれば。しかし、このところの私の味噌汁にはこんな決まりごとがひとつ、ある。

味噌汁は具だくさん。それも三種類以上、できれば五種類あればとびきり上等。

たっぷり具だくさんの味噌汁は、それだけで驚くほど味わいが深い。素材がそれぞれの持ち味をおもてにあらわすどころか、複雑な反響音を響かせながらからみ合う。五種類ともなればこっくりまろやかで、深い。

数がものを言うのだ。そのことを私は具だくさんの味噌汁を飲み干すたび、つくづく実感する。ひとつふたつでは決して出しきれないだしも、素材の数が増えて具だくさんになれば味に深みが生まれ、つまり、それがだしの役目を果たす。素材が多いぶん、ひとくちの食感もいろいろ、栄養もたくさん、食べごたえもいっぱい。具だくさんの味噌汁はいいことずくめだ。

おかずがつくり置きでも、またはひと皿もなくたって、具だくさんの味噌汁がひと椀あれば切り抜けられる。だから、台所に立ちたくない、元気のないときもまた、私はすがるような思いで具だくさんの味噌汁に頼る。

作り方

①じゃがいも、玉ねぎ、長ねぎなど3~5種類の野菜適量を食べやすい大きさに切る。油揚げは1センチ幅に切る。
②小鍋にだし3カップを沸かし、じゃがいもなど固いものから順に加え、油揚げも加えて煮る。
③全体に火が通ったら、味噌を溶き入れ、ひと煮立ちしたら火を止める。

春菊とプロシュートのサラダ

意表をつく味

春菊が好きになったのは、いつごろからだろう。こどものころは、いつも怒られてばかりいた。それも、家族みんなで鍋を囲むときに。

「ちゃんと春菊も食べなさい」

母が、煮えばなの春菊を小皿に取り分けてよこす。あっ、よけいなお世話だよ。あせってみるけれども、自分のぶんが目のまえに置かれてしまっては、しぶしぶ食べるほかない。

だって、苦いんだもの。必ず言いわけをした。噛むと、じんわりほろ苦い。

それを素直においしいとは、とても言えなかった。

ところが、おとなになったら春菊が大好きになった。少しずつ馴れていったのか、それともいきなり好きになったのか。かんがえてみても思い出せないけれど、ともかく鍋ものとなれば春菊を買いに走らなければ気がすまない。あんなに嫌っていたくせに。

さらに、衝撃的な展開が待っていた。春菊の葉っぱをフレッシュなまま食べてみたら、びっくり。春菊がこれほどしっとり柔らかく、絹のように繊細な味わいだったとは！

春菊の葉はことのほかていねいに摘み、傷つけないよう用心しながら手早く洗って水気を切る。乱暴に扱うと葉が折れたり傷ついたり、そこから水気が入る。だから指先に神経を集めながら、気をつけて。

ふうわりボウルに盛り、ドレッシングを回しかけたらすばやく食べる。ドレッシングを薄くまとったばかりのところを大急ぎ。「扱うときは慎重に、食べるときは大胆に」。これが、春菊の葉っぱをおいしく食べるときのこつだ。

イタリアンパセリやルッコラに通じる軽やかな苦みに遭遇するたび、思う。これが春菊が隠していた秘密だったのか。何度味わっても、自分だけが知っているような気になり、にんまりする。
このやわらかさ、しとやかさは寒い冬だけの味。逃してはいられない。

作り方

①春菊1束の葉だけ摘みとり、洗って水気を切る。
②ボウルに春菊とちぎったプロシュート2〜3枚を重ねながら盛る。オリーブオイル大さじ1、レモン汁小さじ2、塩適宜をかけ、こしょう大さじ1/2を振る。
③いただく直前にさっくり混ぜ合わせる。

焼きトマトのスパゲッティ

季節はずれには、焼いてみる

すっかり季節ははずれていても、むしょうに食べたくなる料理がある。私にとっては、それがトマトのスパゲッティだ。それも夜中に！困ったな。自分をどうどうといさめてはみるのだが、走り出した汽車は止まらない。ここはもう早々に降参して、その勢いに乗ってみる。

ただし、哀しいかな、トマトは季節はずれ。冷蔵庫にトマトのすがたはあっても、あの真夏の甘みも酸味もここにはない。はてどうしたものか、懸命に知恵を絞る。

そうだ、フライパンのうえで焼いてみよう。じっくり焼くことで、トマトの味わいをゆっくりゆっくり呼び戻すのだ。

フライパンにオリーブオイルをたらり。そこへ種を取っただけのトマトを横半分に切って置く。火は中火。じくじく火が通るうち、しだいにトマトが汗をかきはじめる。トマトのジュースが内側から滲み出て、ゆっくりやわらかさをまとってくる。そこへ、ぱらりと塩。塩味をつけるだけではない。野菜から適度に水分を引き出し、その味わいに深みを増す役目もたくす。

さて、このあたりでお気づきでしょう？　トマトを焼いているあいだ、隣の鍋ではスパゲッティをゆでる。七〜八分ゆでるスパゲッティなら、タイミングはどんぴしゃり！　ゆでているそのあいだに、フライパンのトマトも首尾よく焼き上がる。すべてが同時進行、一切むだなし。この塩梅《あんばい》のよさもまた、夜中のスパゲッティにはことのほかだいじだから。

皿もあたためる。スパゲッティはアルデンテ。焼きトマトはじゅくじゅくやわらかい。たっぷりパルミジャーノ。ぜんぶがいっしょに目のまえに登場するうれしさといったら。

お楽しみはまだ終わらない。トマトを崩しながら、自分でスパゲッティといっしょに混ぜて頬ばる。ひとくちごと、ぜんぶ違う味。こんな幸福を夜中に独り占めしていいのだろうか。

作り方

①トマト1個を横半分に切り、種はスプーンで除く。
②フッ素樹脂加工のフライパンにオリーブオイル大さじ1を熱し、中火でじっくりトマトの両面を焼いて塩を振る。
③鍋に湯を沸かし、多めに塩を入れて沸騰させ、2人分のスパゲッティをゆでる。
④スパゲッティを皿に盛り、トマトをのせ、パルミジャーノチーズをたっぷりかける。

雑穀おにぎり

じっくり噛みしめる

炊いたごはんが残ると、あたたかいうちにおにぎりを結ぶのが習慣だ。それも、手がまっ赤に染まり、火傷しそうになるくらい熱いうちに。

必ずいつも、なにも入れない塩むすび。手水《てみず》をつけ、おいしい塩をてのひらにまぶしてきゅっきゅっ。土鍋でむっちり炊き上がったごはんつぶがふわっと三角にまとまった様子はつやつやに輝いて、いますぐ頰ばってしまいたい衝動に駆られるけれど、ここはぐっと我慢である。

炊きたてを結んだおいしさは、数時間過ぎるとがぜん威力を発揮する。なんといえばよいのだろう、時間が経つほどお米の持ち味が右肩上がりにぐーんと伸びるといえばよいか。ひとつに結んであるから、いっそうまとまりが濃密になり、深みのある滋味に育つのだ。

ときおり食べたくなるのは雑穀おにぎりである。白米のおいしさもとびきりだが、雑穀がたっぷり混ざった味わいもこたえられない。粟、稗《ひえ》、はと麦、黍、黒米、赤米……いろんな雑穀が少しずつ入り、目にも楽しい。

ひとくち嚙みしめる。すると、毎度驚く。歯と歯のあいだで、さまざまな食感が弾ける。ぷちっ、こりっ、かりっ、勢いのよい歯ごたえは大地の栄養分を蓄えて育った雑穀の生命力そのまま。じわり、嚙むたびに味わいに層の厚さが加わってゆく。それは、決して白米では体験できないたくましさだ。このおいしさを知ってしまったら、あと戻りはできない。

なにしろ雑穀なのだ、とりたてて構えなくてもいいのです。気の向いた分量だけスプーンにすくってお米に混ぜるだけ。そのぶん少し水分を多くして、炊きかたもごはんといっしょ。なのに、一気においしさが深くなるのだから得した気分である。

玄米ごはんも炊いてみたいけれど、なかなか。そういうひとにこそ。そして、シンプルなおにぎりに結んで、ひと味深めてどうぞ。ごはん茶碗で味わうのとは、まったく違うおいしさがそこに見つかる。手の味が開いてくれる、あたらしい扉である。

作り方

①米2カップを研ぎ、ザルに上げておく。

②鍋に米と雑穀をスプーン2〜3杯入れ、2カップと1/5程度の水を加え、ふつうに炊く。

③よく蒸らしてほぐし、粗熱が取れたら手水をつけておにぎりに。

＊雑穀は5〜8種類入っているものを使うとおいしい。デパートなどで入手できる。

けんちん汁

日本のミネストローネ

忙しいときほど、からだは滋養を欲しがっている。けれども、台所に立っている時間がない。うちに戻ってから料理をしようという気力がない。あーあ、結局ガス欠。そんなとき、ありますよね。やる気も食べたい気もあるのに、気持ちだけ空回りして手がついていかない。

でも、少しずつ経験を積んでくると、なんとなくそんな事態が起こりそうだと察知できるようになる。ずいぶん若かったときは無我夢中でその日暮らしだったけれど、「あ、今週は大変になるぞ」。自分で自分の予測をつけられるのも、おとなになったからこそ。そこで、早めに手を打って日曜日に対策を講じる。私なら、そんなときにすがるのが根野菜たっぷりのけんちん汁だ。

ごぼう、れんこん、里いも、にんじん、長ねぎ……冬場にぐんと味わいを高める野菜ばかり、栄養たっぷり。鍋にたくさん煮ておけば、週半ばあたりまで大丈夫。しかも、火を通すたび、おいしさはこっくり深みを増してくる。

ほら、野菜たっぷりのこの一品、なにかと似ていませんか。そう、イタリアのミネストローネ。つまり、けんちん汁は日本の具だくさんの野菜スープなんですね。

野菜は種類を惜しまずに。すると、根野菜の濃厚なうまみがお互いにからみ合い、複雑なおいしさが生まれる。たとえだしを使わなくても、野菜の滋味だけでおいしく食べられる。そのくらい、冬の根野菜はたくましい。だから、熱いひと椀をおなかにおさめると、からだじゅうがほかほかあたたまる。首のうしろ、背中一面、おおきなぬくもりが広がる。

「やっぱり食べてよかったな。つくっておいてよかったな」

きっとそう思うはず。時間も元気もなくなりそうなときは、先回りして手を打っておこう。安定感のあるたくましいおいしさをからだに取りこむと、自信がつくから不思議である。

作り方

①ごぼう15センチは皮を包丁の背でこそげ、乱切りにして水に浸しあくを抜く。
②にんじん小1本、れんこん大8センチ、里いも6個はそれぞれ皮をむき、食べやすい大きさに切り揃える。長ねぎ1本は3センチの長さに切る。
③こんにゃく10センチ角1枚はゆでこぼし、手でちぎる。
④油揚げ1枚は5ミリ幅の細切りにする。
⑤鍋にだし6カップを沸かし、長ねぎと油揚げ以外の材料を加えて煮立たせ、あくを取る。
⑥20分ほど煮てから、長ねぎと油揚げも加え、醤油大さじ3、みりん大さじ3/4、酒大さじ2、塩適宜で味つけして煮る。
⑦全体に味がなじんだら火を止め、うつわに盛って七味唐辛子を振る。

2

今日はうちにいたい

氷

季節の音を聴く

「薬降る《くすりふる》」という言葉がある。旧暦五月五日に雨が降ると、「薬降る」と呼び慣らわした。竹の節にたまった雨水は、天からいただいたありがたい神の水。ごくり飲み干して厄払いをすれば、からだのすみずみまで生き返る。

水無月の訪れである。みなづき。この言葉を唇にのせると、さわさわさらさら、耳もとで涼やかな水の音が鳴る。水無月を迎えるころになれば、庭のどくだみの葉っぱもうれしそうに育ちきって白い蕾《つぼみ》をのぞかせ、梅雨の雨を待ち侘びている。

そんなみずみずしい週末は、わが食卓にも水無月の風情を。駅前の和菓子屋には、そろそろ麩《ふ》まんじゅうが並ぶ頃合いだ。買い物かごぶら提げていそいそ散歩に出かけてみれば、ほら！　笹の葉に包まれた麩まんじゅうが、お行儀よく並んで待ってくれている。

光を透かして輝く笹の緑。むっちり手ごたえのある麩まんじゅうの重み……包みを開けてみると、そこには水無月の風や陽光がきらり宿っている。そして、くるっと踵《きびす》を返して台所に向かう。冷凍庫を開けて取り出すのは、氷である。

氷は夏の季節だけのものではない。ましてや水割りや焼酎のグラスだけのものでもない。私にとっては、ひんやり心地のよい涼しさ冷たさ、みずみずしさを感じるための触媒のような存在である。

だから、冷凍庫には氷をたっぷり。使うときだって惜しげなく。麩まんじゅうを盛りこんだ大鉢にざざざと流しこむなり、ただちに食卓に水無月の誕生だ。かちり。わずかに溶けた氷が滑って落ちて、かろやかな鈴の音が転がる。それは季節の動く音。梅雨めく空を見上げて、「薬降る」とつぶやいてみる。

氷を使うときは、ざっくりと入れれば素朴な風情に。あらかじめ細かく砕いた氷を下に敷けば、改まった雰囲気になる。いつも冷凍庫にある氷は、飲みものだけでなくもっと気軽に盛りつけにも使いたい。

ガラスのコップ

気軽なうつわとして

ガラスを透かして、夏の光がきらきら踊る。風が動くと光も動く。たった今生まれたての、新しいきらきらがまぶしい――そんな情景をお昼ごはんどきに目にするたまの休日は、それだけで一週間ぶんの疲れがたちまち吹き飛ぶ。のんびり過ごしたいから、お昼ごはんは簡単にすませたい。けれども、ただおざなりにやり過ごしては、せっかくのいちにちがしょぼくれてしまう。

ほんの少しだけ、楽しいことをなにか。

そこで、ガラスのコップである。

お昼のそうめんはいつもの通り。けれども、薬味を入れるうつわをガラスのコップに替えてみたのである。刻んだみょうが、しそ、レモン、きゅうり、ねぎ……どれもこれもいつも通り、かわり映えのしない薬味ばかりなのだが、ガラスのコップに入れただけで、とたんに食卓の上に光のきらきらが飛び交う。思いがけない様子を手に入れて、胸が弾む。

特別なガラスなんかいらない。牛乳を飲んだり、水を飲んだりしているそこいらのふだんのコップ。全部おなじものでなくていい、無造作に棚から取り出しただけのばらばらのコップ。けれども、それぞれにみずみずしい自然の恵みがおさまると、たちまち美しい夏の情景に変身を遂げる。

ガラスのコップは、ひとつのうつわとして考えればずいぶん使い勝手が広がる。アイスクリーム、ヨーグルト、シャーベット。冷たいデザートに使えば、「あら、これが今朝水を飲んだあのコップかしら」。器量よしの顔つきですましているから、ほほえましい。ひとりのごはんのときの小さなサラダにも、ガラスのコップは似合う。

コップは飲みものだけに使うもの、って誰も決めちゃいない。ぐいと自分に引き寄せて親しく使えば、ガラスとの距離も驚くほど透明になる。

フランスの業務用のコップや、日本の古いプレスガラスなど、手持ちの好きなガラスをあれこれと。大きさやかたちの違いにとらわれなければ、盛った素材の力強さが逆に食卓の空気をひとつにまとめてくれる。

ジャム添えビスケット

極上のソースに変えて

　わざわざ話題のケーキを買いに行かなくても、おいしいお茶の時間は過ごせる。電車に乗ってとびきりの和菓子のために走らなくても、地下鉄を乗り継いで行列してショコラをゲットしなくても。いや、もちろんそれが楽しいときもあるけれど、ふだんに「わざわざ」や「特別」はちょっと疲れる。

　ふつうがおいしければ、それでじゅうぶんだ。なんの力みも入っていなくて、「ここ一番！」の特別感なんか全然なくて、でもおなかの底から「ああ、おいしかった楽しかった」。そう思えればいうことなし。

ただし、そのためにはちからの抜きかたを知っていたい。気持ちにも、暮らしぶりにも「流れ」というものがあるでしょう。それをじょうずに汲み取れば、ちからはふっと抜ける。

たとえばうちにいて、くつろぎながら「ああちょっとおいしい甘いものが食べたいな、でも、なんにもない……」などというとき。そこでへこんでしまってはつまらないから、そのまま時間の流れに乗っていたい。

そういうとき私が助けてもらうのは、ジャムである。

戸棚のなかのビスケットに、ジャムをたっぷり添える。アイスクリームにとろりとかける。さっと煮たフルーツソースと考えれば、たったそれだけでいつものビスケットもアイスクリームも、新鮮に生まれ変わる。

まさか、それだけのことで？　ええ、そうなんです。「ジャムは、トーストのためだけにあるのではなかった！」きっと新しい発見をした気になれる。

不意の来客のときにも、ジャムはなかなかの役者ぶりを発揮する。お茶うけがなにもなくても、あわてず騒がず煎茶や紅茶に添えて、ジャムをほんの少し。フルーツの甘さが、思いがけず疲れを癒してくれたりもする。

すっかり見慣れたあたりまえの味も、じつはこんなふうに爪を隠している。

作り方

好きなジャムなら、ビスケットやショートブレッドなどになんでも。トーストでは味わえない「お菓子感」が楽しめる。アイスクリームのソースに使うときは、甘みを抑えた柑橘系のジャムがおすすめ。

片口

秋の夜長にひとり

風に乗って、路地の向こうからこんがり焼けた秋刀魚の匂い。とたんに、ぐーっとおなかが鳴る。そうか、もう秋がやってきたのだな。

となれば、恋しくてそわそわするのが夜更けの独酌である。いや、たったひとりではないのです。相手をしてもらいたいのは片口である。

片口に冷酒を満たす。

とく、とく、とく。

軽やかな音をたてて、お酒が満つる。勢いがおさまると片口の表面はつややかに光り、さざ波が揺れる。そのさまを眺めているだけで、早くも幸せの予感が押し寄せてくる。さあ、ぐい吞みも用意しなくては。それも、備前や粉引《こひき》などの土もの。陶器の杯はいい具合にお酒が浸みて、使うたびにとろりと肌の風合いを高めてゆく。肴は、もうなんでも。冷蔵庫のなかの塩辛や佃煮、ちびちびと相手をしてくれるものが豆皿にいくつかあれば、それでじゅうぶんである。

用意が整ったら、おもむろに片口とぐい吞みと豆皿を前にして居住まいを正す。では、一献。始まったばかりの秋の夜長をひとり占めする心地は、誰にも渡したくないとしみじみ思う。

片口を手に取り、つ、と傾ける。すると、穏やかだった表面に流速が生まれ、先端に流れがつく。その勢いのよい滴りを、待ち構えていたぐい吞みがしかと受け止める。

さあ独酌の始まり。ぐい吞みで唇を湿らせ、片口を手にしてそろりと注ぎ、ときおり豆皿に手を伸ばす。その間合いのなかで時間は解きほぐれ、いつしかほろ酔いかげん。杯を傾けながら、思う。

「あれ、秋の七草って全部覚えていたっけ」

あわてて指折り数える。萩、女郎花、すすき、葛、なでしこ、藤袴、そして桔梗。ああよかった、思い出せて。
安堵してふたたび片口を傾け、秋に浸りこむ。

気に入りの片口をひとつ持ちたい。選びたいのは、小さすぎず大きすぎず、手にしっくりなじむ肌合いのもの。ぐい呑みは陶器や磁器など、そのときの気分で自在に選ぶと、秋の夜長もいっそう心楽しい。

好きな空き缶

気分も入れ替える

うちにいたい日は、部屋のなかに風を通すにはうってつけだ。ただぼんやり、だれにも会わず、電話もかけず、あくびを友にしてすっかりくつろいでいると、そのうちに充足がやってくる。充ち足りた気持ちが向こうからひたひたと訪れてくるのだ。

それは昼過ぎかもしれないし、夕暮れどきかもしれない。ようやく夜が深くなってからかもしれない。おなじ一日うちにいる日でも、やってきた充足を覚える頃合いにはずいぶん差があるのだけれど。

さて、すこし落ち着いたら、手はじめにちいさなことを動かして風を入れたい。取るに足らないような、しかしなんとなくふだん頭のすみに引っ掛かっていたようなことがら。しぶとい澱《おり》のように沈殿しているささいなこと、というところが肝心である。

たとえば空き缶。お菓子の缶などは気を引かれるものが多くて、捨てるにしのびない。これといってあてはないくせに、なんとなく手もとに置きたくて棚の奥にしまったままになっている、そんな空き缶だ。

それだけならただの場所ふさぎだが、用途を与えて活かせば愛用の道具になる。これは、なにかに使えるかしら。取りだして、厚みや幅を手にしながらかんがえる。スペアのボタン入れ。紐入れ。手近な文房具入れ。メイク道具入れ。葉書入れ。裁縫道具入れ……よし、決まった。ではあれとこれを入れ替えてみようか。

こうして暮らしの細部がほんの少しでも様変わりを遂げると、風の通りかたがずいぶん違う。一日の充足とともに、溜まっていた澱はいっせいにどこかに洗い流されていった気分を味わうから不思議だ。

もし、活かす道がうまく見つからなかったら。そのときは潔く捨てる。

後生大事に取っておこうとふたたび棚の奥に埋めてしまったら、こんどは新たな澱がもっと沈殿してしまうから。せっかく心地よく通った風には、そのまま通り道をつけておいてやりたい。

MATTERHORN

あさり入り蒸し豆腐

熱さがごちそう

熱いってことは、もうそれだけでごちそうだ。

たとえば指も口のなかも火傷しそうな肉まんのとびきりの熱さは、それじたいが大ごちそう。たった一個からみっちりとした満足を覚えるのは、熱い湯気と蒸気の威力である。

それは、蒸したからこそ。

外側から、これでもか、と熱を加えて煮たり焼いたりするのとでは、熱さの中身がまるきり違う。蒸すと、内側に百度を超える熱がはちきれんばかりに詰まってふくらむ。それも、たっぷりと蒸気をふくんだみずみずしい熱が。

蒸気がいっしょにふくらませるのは、素材そのものの自然な持ち味である。寝た子を起こすとでもいうのだろうか、厚く切っただけのれんこんも、にんじんも、さつまいもも、ただ蒸すだけで繊維一本一本のうちがわに潜んでいたうまみが揺り動かされ、蒸気を得てしっとり立ち上がる。それは、煮ても炒めても、決して出合うことのない味だ。

とまあそんなわけだから、私にとって蒸籠《せいろ》はとてもだいじな台所道具である。蒸籠はともすると面倒に思われがちだけれど、それがちっとも。だって、蒸籠が毎度毎度みごとなイッパツ芸を披露してくれるものだから、やみつきになってしまうのは当然のなりゆき。

もうもうと湯気の上がる蒸籠に、たとえばあさりを埋めた豆腐をうつわごと入れる。醤油もごま油も塩も、ただ混ぜただけ。ふたをして待つこと十五分。いそいそ「あちち」と取り出し、急いでスプーンでひとすくい。

白い湯気が顔をなでる。舌の上に広がるのは豆腐のうまみ。やわやわと雲のような、しかし一本芯の通った大豆の密度が胸を揺らす。

これですよ、これこれ！　蒸すことでしかあらわれない味に手を引かれて、飽きもせず蒸籠を取り出す。

作り方

①ボウルに木綿豆腐1丁を粗く崩して入れる。

②①に醬油・ごま油各小さじ1、酒小さじ1/2、塩適宜、片栗粉小さじ1を加え、ざっくり混ぜる。

③うつわに②を分けて入れ、あさりを4～5つぶずつ埋め込む。

④強い蒸気の上がった蒸籠で15～20分蒸し、仕上げに刻みねぎとごま油少々を散らす。

柚子茶

日向ぼっこのおとも

猫になりたい。まんまるになってごろんと寝そべって、時間も忘れていつまでも日向ぼっこしていたいよ。

真冬になると、いつもいつもそう思う。窓から差し込む冬の光、とりわけ昼下がりの日射しは厚い毛布で背中いちめんを抱きこまれたような慈愛に充ちている。

なにもかんがえず、思い悩まず、ただひたすらぬくもりを浴びていたい。そんな冬のひとりの午後、掌のなかに包んでいたいのはほかでもない柚子茶《ゆずちゃ》。コーヒーでも紅茶でもなく、玄米茶でもなく、むしょうに飲みたくなるのは柚子を自分できゅっと搾ってこしらえた柚子茶なのだ。はて、どうしてだろう。

それは、柚子の香りのなかにお日さまの光を感じるからだ。

おおきな柚子の木、両手を広げた枝にたわわに実を結んだまるい柚子。無骨に実った柚子の深い黄色は、まるで燦々と降り注ぐ光がそのまま沁みこんでいったかのようだ。

皮の内側にぎっしり詰まっているとびきりの果汁を搾ろう。いまや遅し、冬の寒さを待ち受けて、日いちにち酸味と甘さを蓄えてきた柚子である。ぎゅうっと搾ると、種を押しのけて果汁が滴《したた》る。皮の裏、小房《こふさ》のすみ、眠っていた勢いが一気に弾け、柚子の香気といっしょに目の前にあらわれる。

さあ一滴も逃すものか、すかさずカップに移す。歯の裏側がきゅっとちぢむような酸っぱさをやわらげるのは、砂糖ではなく、野山を飛び回って蜂がせっせと集めたはちみつ。気に入りのはちみつをたっぷり、そこへ沸かし立ての熱湯を注ぐ。

熱い熱い柚子茶を両手に包み、居心地のよい日だまりをみつけて窓際に座る。白い湯気。柚子の香り。口いっぱいに満ちる柑橘の酸味。外の寒空を見上げて、雲の流れをのんきに見上げる。もう、ぬくぬくと溶けていきそう。まるで猫になったみたい。

作り方

①柚子を横半分に切って果汁を搾る。

②カップに搾り汁大さじ1とはちみつ大さじ1を入れ、熱湯1カップを注いでよく混ぜる。

そば湯

とろり、優しいポタージュ

そば屋に行く愉しみのひとつに、そば湯がある。そばを手繰《たぐ》ったあと、ひと呼吸置いてから、あたたかなそば湯を掌に取る。とろりと白い湯をひとくち、ふたくち、静かにゆっくり啜るうち、喉もとから腹の底へひとすじ、流れのおだやかな河が通る。

飲み終わるころ、からだじゅうに滲み広がっているのはおだやかな安心感。

そば湯の味わいに気づいたのは、旅さきの出雲《いずも》だった。地元のなんでもないそば屋の暖簾をくぐり、そば湯の入った湯桶を傾けて猪口《ちょこ》に注いで、啜った。

すると、どうだろう。とろりと濃厚なそば湯が舌のうえに流れこむと同時に、やわらかい香りがふくよかに広がる。これが、そばの香り。そばの持ち味が湯のなかに溶け出た、たっぷりふくみのある舌触り。そのなかに腰をおろしているのは安心の気配。

おいしいとか、おいしくないとか、ありきたりの味覚を超えている。これほどの落ち着きをひとに与える味があったのか。それがそば湯だったとは。すこし動揺した。

そば湯は、いってみれば軽いポタージュのようなもの。しかし、そこから先が問題だ。そば湯を口にふくむ。つぎに、自分の味覚を研ぎ澄ませ、こまやかに働かせる。すると、遠くのほうからおずおずとそば湯の味わいがすがたをあらわす。

迫ってくる味ではないのだ。丹念に自分で探し当てるあえかな味。

だから私にとって、そばとそば湯は切っても切れない関係だ。そばをゆでた後、そば湯を捨てるなどもったいない。少ないそばをゆでてつくるそば湯は、そば屋の味わいとは比べようもないけれど、それでもやっぱりそば湯を啜らなければものたりない。終わらないのである。しんとおだやかな味は、こころの波立ちもいつのまにか消し去る。

作り方

そばをゆでたときのゆで汁が「そば湯」。濃いめのほうがおいしいので、たくさんそばをゆでるか、少なめの湯でゆでるなど、とろりと濃いそば湯のときに味わいたい。味が薄いようなら好みで塩を加えても。塩味を感じないくらいのごく少量を入れてみて。

ヴァン・ショー

深夜におとなのぬくもり

ぴゅうと寒風が吹く日は、早くうちに帰りたい。熱いお風呂に肩まで浸かってたっぷりぬくもって、あったかな部屋で溶けるようにくつろぎたい。

冬は自分の部屋が恋しい。広くても狭くても、とくべつ気に入りのインテリアであってもなくても、そんなことはどうでもいい。窓の外の木枯らしを聞きながらこの空間にひとり、ただそれだけでたっぷり充足を覚える季節である。

そんな夜更けは芯までぬくもりたいから、両手に熱いグラスを。ふうと吹くと白い湯気が立ち昇り、鼻さきが湿る。すると、自分のかたわらに親しいものが寄り添いに来てくれる、そんな気持ちを抱く。

グラスのなかには熱いヴァン・ショー。もう長年、冬の訪れとともにしょっちゅうヴァン・ショーをつくるのだが、それにはやっぱり理由がある。

ワインをあたためると、こっくり重くなる。繊細な酸味の余韻のかわりに、ビロードのようなまるい厚みが生まれる。そのくぐもった深みが冬の寒さ冷たさに覆い被さり、こちらの身をやんわり守ってくれている、たとえるなら、そんなかんじ。

ただし、こっくり深いばかりでもいけない。ふうふう啜るうち、あたためただけのワインでは、もっさりする一方だということに気がついた。重みがさらに重さを呼びこむのである。

だから、フルーツの果汁やドライフルーツをたっぷり足しておく。柑橘の香りやドライフルーツの甘みがワインにゆっくり溶けこんで、ほのかな華やぎがグラスのなかに生まれる。ジュースでもリキュールでもない、それはヴァン・ショーだけのひとり舞台である。

好きな音楽。読みたかった本。書きたかった便り。グラスをつたい降りる蒸気のひとすじを眺めながら、自分ひとりの充足がたっぷりとここにある。ヴァン・ショーが導いてくれる、真冬の夜更けの奥のほう。

作り方

①オレンジとレモン各1/4個を搾る。

②小鍋に赤ワイン1カップ半とシナモン1本、クローブ2粒、プルーン1個を入れ、沸騰させないようゆっくりあたため、①をくわえる。

お粥

じつはとても贅沢

冬になると、週に一度はお粥《かゆ》が食べたい。ぽってりやわらかなお粥を口に運んでいると、もうそれだけで足のつまさきまでぬくもりが広がっていき、食べ終わったころには熱がからだじゅうに溜まっている。がんこな冷えも、たちまち吹き飛ぶ。

お粥のおいしさは、食べたあとによくわかる。からだのまんなかに、ぽっと静かな灯りが灯ったようなおだやかさ。なのに、たっぷりとした満足感がある。それは、心沸き立つにぎやかなおいしさではない。しだいにゆるやかに満ちていく充足のよろこびだ。

だから、お粥を食べるとからだも気持ちも、自分なりにすとんとおさまる。もう一度居場所を見つけ直したような、在るべき位置に戻ったような、そんなかんじ。

お粥は調子の悪いときに食べるもの。ダイエットしたいときにつくるもの、そんなイメージを持っていませんか。確かに、具合のよくないときやおなかを壊したとき、お粥はからだに優しい。カロリーも少ない。けれど、エネルギーに満ちていて、いつもと変わらず元気はつらつとしているときに食べるお粥、その味わいは格別だ。

もっとも心地いいのは、自分のからだが軽くなるのを実感できるところ。なにより、お米の甘さやうまみがじっくり堪能できる。ああ、お米っておいしい。しみじみ思うはずだ。それは、お粥を炊くとお米の真の味わいがおもてに出るからかもしれない。

おかずは、あり合わせのもので十分。冷蔵庫のなかにある漬物、佃煮、きのうのおかずの残り、梅干し、ごま……手近なものならなんでも。ちょこちょこと小皿豆皿に並べて、勝手な取り合わせを楽しむ。塩さえ絶好の合いの手になるのだから、むずかしいことはなにもない。

ただし、お粥はふっくらとした風味がいのち。お米から静かに炊いた煮えばなを一度でも味わうと、きっと驚くはずだ。

「お粥は、こんな贅沢なごちそうだったのか！」

作り方

①米1/2カップは洗ってざるに上げておく。

②鍋に米と水3〜4カップを入れ、弱火でことこと炊く。ふたはせず、混ぜない。焦げないようにときどき静かに鍋底をすくうようにして起こすとよい。

3 自分の味をつくる

鶏のから揚げ

調味料はひとつだけ

鶏のから揚げ、好きですか。

私は「あ、食べたい」と思うと、がまんできない。揚げたてを頬ばると、口のなかいっぱい肉汁がじゅわーっ。噛むたび鶏肉のうまみが勢いよくほとばしる——思い出すだけで、たまらない。

今夜すぐ台所に立てるなら、帰り道に。あいにく、そうは問屋が卸さなければこんどの週末に。鼻息も荒く商店街の肉屋に走る。

さて、勇んでかじりつく鶏のから揚げは、味つけに大革命あり。調味料はたったひとつ、醤油だけ。塩もつかわない。

とはいえ、大革命が起きる前は、そりゃあ苦心した。試行錯誤の繰り返しといってはばからない。というのも、いつまでたっても「自分の鶏のから揚げ」の味が決まらなかったから。

それまでにいろいろ試した。みりん。砂糖。日本酒。紹興酒や泡盛を入れてみたこともあった。にんにく、しょうが。ラー油。ごま油。腐乳。カレー粉。チリペッパー。溶き卵をからめてみたこともあった。

いや、それなりにおいしいのです。けれども、今日はにんにく風味でいこう、いや今日はカレー味。その定まらない感じが、どこかうっとうしかった。だいいち、味が濃すぎて、かんじんの鶏肉のおいしさが二の次になっている。本末転倒な感じがしっくりこなかった。

鶏肉のおいしさを、もっと素直に味わいたい。うすうすそう感じていたとき、とびきりのから揚げをつくる料理人から、驚きのひとことを聞いた。

「うちのから揚げは醤油だけ。揚げる直前にさっとからめて、それでおしまい」

あわててその日、自分でつくってみてすぐに納得がいった。ふわりと香ばしい醤油の香り、肉にからむうまみ。なにより切れがいい。目からウロコが落ちた。ああ、ずっと余計なことをしていたのだなあ。しかし、回り道してきたからこそ、このおいしさがわかる。遠回りも、してみるものである。

作り方

①鶏もも肉400gを食べやすい大きさに切る。
②ボウルに①を入れ、醤油大さじ3/4を加えて手で揉みこむ。
③揚げ油を中温に熱し、小麦粉をはたいた②をきつね色にこんがり揚げる。好みでレモンやライムを添えても。

たくあん

切りかたを変える

ひとくちにたくあんと言っても、いろんな味がある。それも切りかたひとつで、おなじたくあんなのに、まったくべつの味。

たくあんは、干しただいこんを漬けてつくる。秋の終わりごろ、八百屋に干しだいこんが並ぶのを見たことがありますか。冬場の農家では、ずらり軒先にぶら下げて乾かす風景がおなじみだ。

畑から引き抜いただいこんを冬場の空っ風にじっくりさらし、ゆっくりゆっくり水気を抜いて乾かす。それを樽などに漬けこんでぬか漬けにしたものが、ほんらいのたくあんだ。だから、だいこんのうまみが濃い。水気をたっぷり含んだ生のままのだいこんは、包丁で切ればしゃきっと軽やかだが、たくあんなら、そうはいかない。

じわり、歯に訴えてくる抵抗。嚙みしめると、だいこんの味どころか畑の味、太陽の味、ぬか漬けの発酵の味……じつにさまざまなうまみが詰まっている。だから、たくあんはあなどれない。さらには、おなじたくあんでも、切りかたひとつでいろんな味が顔をのぞかせる。

向こうが透けて見えるほど薄切りにする。カリカリ、ぽりぽり、羽がはえたような軽快なおいしさだ。

ぶつ切りにする。ごりっ。歯に響く手強《てごわ》さがたくましい。

乱切りにしてみる。しわい皮と中身のやわらかさがアンバランスで、ひとくちずつ食感が違う。

切りかたひとつひとつ、まったく異なる味を見せるから驚く。ああそうか。だって、冬の寒さを耐えしのんで、じっとうまみを凝縮させてきたのだもの。ひと筋縄でいく味わいではないのです。

水でさっと洗って塩出ししてから細切りにして、ごま油で炒めたり。角切りにして、サラダに混ぜてみたり。一本のたくあんが秘めるおいしさは限りない。

――切りかたはいろいろ。ごく薄切り。厚さ1センチほど分厚く、厚く切ってから角切り。それぞれに好みの厚さに切る。

ごまごはん

滋味を生かす

ごまの味が加わると、びっくりするほどおいしさに深みが生まれる。こっくり、ひと味もふた味も深くなる。

そのことに気づいてから、ごまを醤油やみりんのようにどんどん使う。

「え、なんですって」

わけわかんないですよね。すみません。

「あのね、ごまの味を調味料として使っちゃうんです」

「よけいわかりません」

　こんなふうに説明すればよいだろうか——ごまはつぶのままではなく、すりごま。そして、醬油味やマヨネーズ味とおなじように「よし、ごま味にしよう」。素材にごまが合うと思えば、どっさり使う。すると、自分の手持ちの味の幅がぐんと広がる。

　じっさい、ごま味が合う素材はたくさんある。野菜ならいんげん、キャベツ、ズッキーニ、ピーマン、三つ葉……なんでも。豚肉や鶏肉にも、ごま味のたれはなかなかの役者ぶりだ。そして、ごはん！

　ときおり、ごまごはんが食べたくなる。炊きたてのごはんにどっさり、一合にすりごまどっさり大さじ一杯の見当だ。黒ごまならば、白いごはんがたちまち真っ黒。

　これが、おいしい。地味だけれど、くせになる。ごはんのふっくらとした甘みにミネラルたっぷりのごまの滋味がそなわって、思わず何度もゆっくり嚙みしめたくなる。炊きこみごはんや混ぜごはんとはまた違う、お米にぴたりと寄り添った味わいなのだ。

　そんなふうだから、私の台所でのごまの消費量はとびきりだ。

「でも、毎度ごまをすらなきゃいけないの？」

確かにそのほうが、香りもおいしさもやっぱり違う。でも、面倒なら市販のすりごまで。道具を取り出す手間を惜しむとき、私は指先を鳴らすみたいにきゅっとごまをひねって潰す。すると、あっというまに半擦り状態。まずは、ごまを自分に引き寄せましょう。

作り方

①米2合は研いでふつうに炊く。
②炊きあがったら白ごまと黒ごまをすったものを合わせて大さじ2、醤油小さじ1/2、塩適宜を加えて全体をさっくり混ぜ合わせて蒸らす。お碗に盛った後、ぱらりとごまを振ってもよい。

ほうろく

香ばしさの贈りもの

ほんのひと手間がうっとうしいことがある。わかっちゃいるけど、どうしても腰が上がらないのよ。

いっぽう、ほんとうは面倒なはずなのに、いそいそからだが動くときがある。「よくまあ、そんな手のかかることを」。呆れられても、どこ吹く風。考えるより先に手が伸びているのだから、しあわせなことである。

たとえば私にとっては、そのうちのひとつがごま炒りだ。和えものにすりごまを振りたい。または、小どんぶりに炒りごま。和風のサラダの仕上げにもぱぱっと。なにしろ、しじゅうせっせとごまを振るので、ごまの風味にはうるさい。

　ごまは香りのよさが身上である。さあそこで登場するのが陶器のほうろくだ。中にごまを入れ、左右に揺すりながら遠火にかける。すると、たちまち漂う香ばしい香り！　火の力にあおられてぷっくりふくらみ、風味はいや増す。このおいしさ、この香りのよさを覚えてしまったものだから、ごまとなれば、勝手に手がほうろくを握りにかかっている。

　和の道具を見直す風潮がますます強くなっている。古きよき道具を使ってみれば、なるほどこれが本来の味わいだったのか。見過ごしていた味に、はっとさせられる。しかし、どこか無理をしたり、一抹のうっとうしい思いを抱えながら使うのはつまらないことだ。

　ほうろくはあまり使われなくなった道具だけれど、ごまが好き、ごまの香りを堪能したい、だから、手に取らずにはいられない。あらためて使うなら、そんな道具をこそ。

　ひとにとっては煩雑で面倒くさくても、自分にとってはとてもだいじ。もし、そんな道具に出合ったら、みすみす逃してはいけない。使う楽しさといっしょに、きっと「自分の味」を連れてきてくれるから。

てっぺんの丸い穴からごまを入れ、釉薬《うわぐすり》の掛かっている部分の取っ手を持ちながら火にかざして揺する。穴から余分な蒸気を外に逃がし、ごまはふっくら炒り上がる。出すときは筒状の取っ手を下に傾ければ、ごまが外に滑り出るという優れた構造。伊賀「土楽窯《どらくがま》」製。

うぐいすのレモン搾り

ずっとすきな道具

ちょっと古めかしくて、いまどきの洒落た風情はあまりないかもしれない。それでも、ずっとすき。そんな道具が身近にはたくさんあって、飽きずに何年も使いつづけている。

うぐいすのレモン搾りは、そのうちのひとつ。ステンレス製で、台までついている。テーブルの上にぽんとのせると、あたりにのんびりした雰囲気が伝染するところにもぐっとくる。なごやかになるのだ。

こんな構造になっている。背中から尾っぽまでが蓋のようにかぶさっており、上に起こすと内側にくぼみ。そこにくし形に切ったレモンを入れて、蓋をする。レモンを垂らすときは、尾っぽのいちばん先を軽く押すと、くちばしからレモンの雫がぽとぽと。その姿の愛らしいこと。

こんなにかわいいのに、じつはとても機能的だ。微妙な力の入れかげんしだい、レモンの量が簡単に調節できる。ほんの一滴だけ。ぽとぽと。たっぷりじゅーっ。いずれも、親指の押しようで自由自在。さらにはステンレス製だから、めっぽうキレがいい。くちばしを上げるとすっとキレるから、垂れたりこぼれたりしない。手もいっさい汚れない。なんてすばらしい！　何年使いつづけても、手にするたびにうぐいすくんのみごとな芸に拍手を送る。そして、ふたたびテーブルに戻せば、すました顔。

レモン搾りは、だから、これしかかんがえられない。台所では横二つに切ったレモンに棒状の木の道具を差しこんでぐりぐりねじって搾ったりするけれど、テーブルではいつもこれ。うぐいすくんがそこにいてくれると、心づよい。

すきな道具は、いつまでも大事に使い続けたい。こだわるというのではない。もっと自然に、そばにいるのがあたりまえのように使いたい。きっとそのうち、道具の持ち味が日々の暮らしに溶けこんでゆく。そうしたら、しめたもの。かんがえなくても手が伸びる。

ナッツとにんじんのサラダ

健康のもとを毎日すこしずつ

じゃこ。ごま。梅干し。そしてナッツ。

残りが少なくなるとそわそわする。なくなるのがこわいんですね。いつも心おきなく使いたい、食べたいので、まめに補充するのが長年の習慣である。

ナッツの種類にはそれほどこだわらない。松の実、カシューナッツ、ヘーゼルナッツ、くるみ、ピスタチオ、アーモンド、ピーナッツ。なんでもいい、たくさんの種類のなかから気が向くままに適当に組み合わせて、瓶に入れて保存しておく。

食べかたは気ままである。そのまま何粒かつまんでぽりぽり囓《かじ》る。適当に割ってヨーグルトやオムレツに入れる。フライパンで香ばしく空煎りして、サラダにたっぷりふりかける。刻んでピラフや炒飯《チャーハン》に入れる。もういろいろ。ナッツが入れば、こくとうまみがぐんと増す。もうひと味欲しいとき、困ったときのお助け素材でもあります。

そもそもナッツは縄文人の主食のひとつだったのだもの。上手な料理法などとむずかしく考えない。それより、毎日少しずつ食べることのほうがずっとだいじ。そう思っている。

じっさい、ナッツの栄養価は驚くほど豊富だ。高脂肪、高たんぱく、ビタミンB_1、ミネラル分。たとえばくるみの脂肪分にはリノール酸も含まれ、動脈硬化を防ぐ。ビタミンB_1は疲労回復にもいい。食物繊維だってもちろん。サプリメントを使わない私は、だからナッツやじゃこ、ごま、梅干しなどをせっせと食べ続けるわけである。ただし消化はよくないので、一度にたくさん食べ過ぎないように気をつけるのだけれど。

ちいさなものを毎日少しずつ、飽きずに、長くずっと。

はっと気づいたときに、習慣になっていればしめたもの。そうしていると不思議なことにいつのまにか、からだのほうが自然に欲してくるようになる。

作り方

①にんじん大1本はスライサーでせん切りに。
②好みのナッツ（写真は松の実と砕いたくるみ）大さじ4をフライパンで軽く煎る。
③ザルに①のにんじんを入れ、塩小さじ1をふりかけ、全体を混ぜて10分ほど置く。
④にんじんをさっと水で洗い、手で絞って水気を取る。
⑤ボウルに②と④、レモン汁大さじ1/2を加えて混ぜ、オリーブオイル大さじ2/3を最後に加えて混ぜる。塩適宜で調味する。

白菜キムチ

日ごと味を深める

キムチのほんとうの味を知るには、たっぷり熟成させてから。

これが私の鉄則なのだが、もちろん韓国の常識でもある。そして、韓国ではこんなふうにも言う。キムチの食べどきを知っているひとはおいしい味をよくわかっているひと。

キムチは日いちにち、味わいを深める。漬けてから三～四日過ぎたころの白菜キムチは浅漬けにあたる。葉一枚ずつ、たっぷり塗りつけた薬念《ヤンニョム》（唐辛子やねぎ、にんにく、アミの塩辛などを混ぜた複合調味料）がなじみきっておらず、若い。ところが、十日ほど過ぎれば乳酸発酵が進んで熟成度がぐんと高まる。二週間、一カ月……月日を重ねるほど、味わいはゆっくりと着実に深まっていくのである。

白菜キムチはそのまま食べてももちろんいいけれど、絶好の食材のひとつでもある。ことに熟成したものはうまみの宝庫だから、見逃す手はない。ではなにに使うか。

炒めもの。煮もの。このふたつが、ぴたりとはまるのも、たっぷり熟成した白菜キムチのうまみが、だしの役割も引き受けてくれるから。

ごま油で炒める。すると、ごま油のこくと白菜キムチのうまみが合わさったのち、火のちからを借りてぎゅっと凝縮する。さらには、やわらかさ、まろやかさが生まれる。または、いりこだしの汁にざく切りの白菜キムチを入れ、豆腐といっしょにくつくつ煮こむ。すると、キムチからじんわりだしがでる。乳酸発酵の酸味がくわわり、ぜんたいが濃いうまみに変わるのだ。

だから、白菜キムチは冷蔵庫にたっぷり。目下のところ、冷蔵庫の棚には三カ月めを迎えた白菜キムチがある。ちょっと食欲がないときには、これを取りだして刻み、ピリ辛の味噌汁をつくったりもします。

熟成した白菜キムチは、だから、私の冷蔵庫のお宝である。

　白菜キムチはホーローかガラス、ステンレスなどの保存容器に入れて冷蔵庫で保存する。出し入れするときは、清潔で水気のついていない箸やトングを使うのがお約束です。

ドライフルーツを漬ける

待ちぼうけの果報

たった今ではない、すこし先。または、ずいぶんもっと先。ちょっと焦れながら、またはさんざん焦れながら、懸命に我慢して待ち侘びる。ドライフルーツにはそんな楽しみかたがある。

でも、焦れったいのは、ドライフルーツを漬けこんでじっと待たなきゃならないとき。ドライフルーツならなんでも、といいたいところだが、向いているのはレーズン、いちじく、プルーン、デーツなど。つまり水分をたっぷり吸収するものがいい。

ドライフルーツはあらかじめ果実の水分を抜いたものである。だから、そのぶん風味が凝縮されており、乾いているぶん繊維もたっぷり。ミネラル分もぐんと増えていっそう味わい深い。新鮮なときより、すべての要素がいっせいに濃厚なベクトルを目指しているといったらよいか。

それをラムやブランデーに漬けこむ。ようするに、失っていた水分をもう一度ゆっくり戻してやるのだ。しかも、お酒で。

つくりかたはかんたん。保存容器に好みのドライフルーツを混ぜて入れる。二、三種類を組み合わせると、風味に奥行きが出る。そこへシナモンスティックやクローブなどをすこし放りこみ、ラムかブランデーをどぼどぼ。ぴっちり蓋をして密閉したら、むりやりしばらく忘れましょう。

最短で、一カ月。たっぷり熟成させるなら半年でも一年でも。ぱかっと蓋を開けて香りを嗅ぐ瞬間は、宝箱を開くときに似ている。スプーンを握り、ほんの数粒レーズンを取りだして舌のうえにのせてみる。ぎゅっと嚙みしめたとたん、フルーツのエキスと酒が複雑に混じり合ってふくよかに広がる香味ににんまりする。

アイスクリームにかけたり、ヨーグルトにのせたり、大事にすくって味わい、また蓋を閉じる。さらにいっそう熟成して風味が高まっていくことがわかったから、もうちゃんと待てる。待つ楽しみ、焦れるよろこびを自分にプレゼントするような気になる。

作り方

保存容器にぜんぶの材料（レーズン、いちじく、デーツ、プルーンなど合わせて1と1/2カップ　ラム酒2カップ以上　クローブ5粒　シナモンスティック1本）を入れ、ぴっちりと蓋をして寝かせる。

MYERS
RUM
Original

漆のうつわ

年じゅう惜しげなく

仲のいい友だちみたいだ、漆《うるし》のうつわは。

そう言うと、「でも、気が張りませんか。扱いが面倒じゃありませんか」と目をのぞきこまれたりする。やっぱり漆は誤解されている。こんなにらくちんで気が優しくて、そのうえ頼り甲斐はとびきりだというのに。

熱いものも冷たいものも、漆は受け容れる。触れれば火傷しそうな熱でも、ひやりと凍る冷気でも、漆器ならその間に割って入ってほどよく和らげてくれるのだ。ひと呼吸落ち着かせてくれる、そんな感じ。漆の優しさを、手に取るたび実感するのである。

気遅れするとしたら、あの艶やかさが原因かもしれない。思いだしてみれば、昔はこの私だってそうだった。

内側から発光するような漆の光沢の美しさにはなるほど、どきっと身構えさせる迫力がある。けれども、その艶は媚びを含んだなまめかしさではない。むしろ、その反対だ。木地に漆を塗り重ね、乾燥させ、研ぐ……その繰り返しのなかからにじみ出るように生まれる力強さの証が、漆の光沢なのだ。

漆は日本人が太古から身近に使い続けてきたもの。そもそも日常道具を堅牢に防水し、長持ちさせるための生活の知恵として利用され始めたのだ。使ううちに気疲れするようなしろものでは、縄文の昔から現代まで生き残ってこられたわけがない。

そんなわけだから、漆器を手にすると、いままでは安心感を受け取る。和食もパスタも、どんな料理もおおらかに受け容れ、使うたびに深みを増してゆく。暮らしの時間の流れを美しさに取り込んで変化する様子が、使う楽しみをあと押ししてくれるのだ。

漆器を上手に使う最大のこつは毎日使うこと。適度な湿気を与え、きゅきゅっと乾いた布で拭く。ただそれだけ。毎日親しく対話するうち、気の張らない関係が築かれ、おたがいにほぐれてゆく。後生大事にしまったままでは、どんな楽しい相手でもおしゃべりのきっかけもできません。

飯椀、片口、そば猪口、鉢……漆器は種類もいろいろ。まずはふだん使いのものを選んで、漆の気軽さ、使いやすさになじんでみよう。軽くて丈夫、こんなに扱いやすかったのか、と驚くはず。

麻のキッチンタオル

安心を手に入れる

ものごとがすいっと進んで片づく、それも期待以上にすばやく、確実に。その快感を覚えると、もうあとには戻れない。

そんなひとつが、麻のキッチンタオルである。水分の吸収力はピカいち。それもそのはず、麻は自分の繊維の三倍は水を吸い上げる力を持っているという。さらには、乾きやすさも申しぶんない。ついさっき拭いたばかりでも、ぎゅっと絞って広げておけば、あれよあれよという間に乾く。がしがし洗っても、びくともしない。

見事に揃った三拍子だから、もはや麻ひと筋。胸のすくような使いやすさを毎日自分の目で確かめ続けるうち、さあ困った、木綿の布巾や手ぬぐいの出番が一気に減ってしまいました。けれども、シビアな生存競争を生き抜く生活道具のこと、これもまたしかたがない。

麻のキッチンタオルは台所だけに押しとどめておくにはもったいない。テーブルでお茶を淹れるときは、絶対の必需品だ。じょぼじょぼこぼしても、たじろぎがなくていい。だって手もとには麻のキッチンタオルが控えているからね。そして、おかずを盛り分けるときにも。粗相をしても最強の助っ人がすかさず助けてくれる。いまひとつ切れの悪い片口なんかにも、欠かせない。注いだらすぐさま裏を拭いて、尻拭い。そんな面倒もすいっとさばいてくれる。

「今度はどれを買おう、もっといいものないのかな……そんなふうに、あれこれ思い煩わなくてもよくなったのだな」。じつを言えば、麻のキッチンタオルと出会って最初に脳裏をかすめたのは、そんな安心感であった。もうずっとこれでいい。台所でもテーブルでも、私はこれ。そう思えるものを、ゆっくりひとつずつ増やしていきたい。

麻のキッチンタオルは北欧やアイルランドを始めヨーロッパ各国やリトアニアなど、それぞれの産地によっていろんな使い心地がある。写真は北欧のもの。未精製の麻を二重織りにした丈夫さに脱帽する。

鍋敷き

頼れる一枚があれば

とっさのひとこと。どんなときでも、それが一番むずかしい。または、こんな場合もあります。「とっさの一枚」。話は鍋敷きのことです。

そら、たった今出さなきゃ！　鍋敷きに用があるときは、いつだって切羽詰まっているときだ。煮え立った鍋がいましも食べどき、張り切って食卓へ！　ようするに気が急いているから、鍋敷きにもすぐさまスイッと登場してもらいたい。それなのに、ええと、どこにしまったっけ……あった発見。でも、この鍋敷きじゃあ薄すぎる……鍋を抱えていらいらすると、そのぶん、おいしさにも段取りにもじゃまが入ってしらけてしまう。

どんなつわものがどっかり腰を下ろそうとあわてず騒がず。熱を通さない、湿気も伝えない、そのうえ保温の役目を同時に果たす——ここ一番の鍋敷きがひとつあれば、いつだって悠然と構えていられる。煮えばなの熱い鍋だってそのまま運んで、食卓でうつわによそいたくなる。鍋というものは、台所に控えているばかりが役目ではないのだから。

初めてそれを知ったのは子どもの時分だ。どこの家だったか忘れてしまったけれど、「さあいっしょに食べていきなさい」。友だちの母さんの声が聞こえるのと、畳に広げた新聞紙の上にアルマイトの鍋をどっかり置くのと同時だった。母さんはちゃぶ台の隣に陣取り、いっとう最初、私に「はいどうぞ」。鍋から味噌汁をよそって差し出してくれたのだった。

よそいたての味噌汁は舌を焼いたけれども、熱さがこれほどおなかに染み渡るものだとは。鍋敷きがわりの新聞紙の贈りものだった。

おとなになって自分でごはんをつくるようになったとき、無敵の鍋敷きが欲しくてたまらなかったのは、そんな記憶もよみがえったからである。

熱さをしっかりさえぎってくれるこの丸い鍋敷きは、じつはモンゴル・ウランバートルで見つけたもの。馬や羊の毛をがっしりと編み込んだもので、驚くほどの断熱性。ほかに愛用しているのは木製と鋳物製のもの。いずれも断熱性が高く、焦げても気にせず、長年使い続けている。

ミネラルウォーター

一杯の水のちがいを知る

一杯の水には、じつはいろんな味わいが隠れている。それも、浄水場を通っていったん消毒された水道水ではなく、自然の水であればもっと。玉のように転がるまろやかな味。甘い味。ほのかな苦み。かすかな酸味。やわらかい味、硬い味……かんがえてみれば不思議なことだが、匂いもない無色透明の水なのに、口に含むとさまざまなおいしさを感じる。

そもそも水は、軟水と硬水に分けられる。軟水は硬度百二十まで、硬水はそれ以上。硬度が高くなればなるほど、含まれるミネラル成分は増す。軟水ひとつとっても、硬度二十のものと百のものでは味わいはずいぶんちがう。すーっとからだに沁みる純真な飲み心地。これはやっぱり、自然な湧き水にかなうものはない。ただし、いつどこにいても、そのときすぐに飲める便利さとなれば、やっぱりボトルに詰めたミネラルウォーターということになる。ごくごくのどを鳴らして勢いよく味わいたいときは、やわらかくてするっと通る軟水。嚙むようにじっくり味わうなら硬水。しゅわーぴちぴちと泡が弾けるガス入りの刺激も楽しい。

のんびりくつろぐとき、私にとっては日本茶やミルクティと並んで、ミネラルウォーターもたいせつな飲みもののひとつだ。だから、冷蔵庫に軟水と硬水の両方が揃っていて、それぞれに好きな味のボトルが何種類かキープしてあると、とても贅沢な気持ちになる。

水はいのちの源。湧き出る清水も水道水もミネラルウォーターも、等しくだいじな存在だ。ただし、ひと筋の流れにも味の個性がある。そのことに気づくと、味覚の幅はぐんとひと回りふくらむ。水の微妙な味の違いに気づくようになると、舌の「感受性」はぐっと磨かれる。

水の味をはかるには硬度が大きな目安。硬度はカルシウムやマグネシウムなど、ミネラル成分の含有量の数値をあらわす。軟水は硬度１２０くらいまで。それ以上は硬水。

4

なにかを変えたい

唐辛子シュガー

辛くて甘い衝撃の味

「うーん」

絶句したまま、サエキさんがぐいっと宙をにらんでいる。

だめ？　だめなの？　あわてて顔をのぞきこみ、不安でいっぱいになる。すると、サエキさんは一拍置いて、叫んだ。

「うまいっ。ジンセイ初の快感」

よかったよー。絶対そう言ってくれると思ってたんだけどさ。とたんに態度が大きくなっている。

唐辛子シュガーは自慢のお宝である。お客があるときのデザートも、これ。ひとを驚かせたいときも、これ。なにしろ百発百中の人気者なので、ついつい頼ってしまう。いや、だいいち自分の大好物だ。十数年前にタイで知って以来、「辛い甘さ」のおいしさにやみつきになってしまった。

とっくに気温が四十度を超えた八月のタイの田舎町の沿道を歩いていた。バスも車も通らず、ひとっ子ひとり出会わず、もう二時間以上歩き続けている。これ以上足が前へ出ないとへたりこみかけたそのときだ。前方からやってきたのは天秤棒を担いだお姉さんである。

あわてて駆け寄ると、天の助けとはこのこと。パイナップル売りではないか。そして私は、お姉さんに飛びつくようにしてビニール袋入りのパイナップルを買った。ちいさな赤と白のつぶつぶ入り小袋がついていた。

その日からこっち、パイナップルは唐辛子シュガーで食べなければ気がすまなくなった。もの足りなくなってしまったのだ。唐辛子の辛さが、パイナップルの酸味と甘さにぴしゃりと抑制をかける。キレがよくて、あと口さっぱり。一度経験したら忘れられない味に毎度驚くばかりだ。

フルーツが熟したときの、たっぷり過剰な甘み。そこにぐっと抑えの効いた辛くて鋭いエッジは、いかにもおとなのためのおいしさ。しゃりっと歯に当たる砂糖つぶの幸福な感触に宿っているのは、子どものころの記憶。

思わずにんまり。衝撃の夏の味である。

作り方

①粉唐辛子（中挽き）小さじ2/3と砂糖（上白糖）大さじ2をよく混ぜる。

②パイナップル、マンゴーなどのフルーツ適宜を食べやすい大きさに切り、①をたっぷりつける。

ちぎりかまぼこ

ちぎらずにはいられない！

知らない味というのは、なにも目新しいレシピのことだけではない。たとえまったくおなじ素材でも、切りかたを変える、ただそれだけでまるきり違う味になってしまう。「こんなの知らなかった！」。思わず声を上げてしまうおいしさがあらわれる。

そのひとつが、かまぼこ。かまぼこは半月に切るのがあたりまえ。なんの根拠もないのに、そう思いこんでいませんか。

かまぼこをおいしく食べようと思うときは、わたしは手でちぎる。ざっくり

ざっくりおおきくちぎる。すると、まったく知らなかったかまぼこの味が出現する。ただのかまぼこが突然ごちそうに変身するのです。

ただし、ざっくりちぎる塩梅には少しばかりこつがある。まず、指をおおきく開いてかまぼこの一片をわし摑《づか》みにする。へたに遠慮してはいけません。ぐいっと指を大胆にかまぼこにめりこませ、そのまま力をこめてくいっ。ひとつちぎったら、今度はおなじおおきさになるよう狙い定めて、ほかの角度からまたちぎる。いっけん雑に見えるが、これがけっこうむずかしい。

ちぎったかまぼこに、わさびか味噌、または醬油をほんの少しつけて口に放りこむ。

ぐいっ。

上と下の歯、両方に勢いよく抵抗を返してくる、その意外なちから強さ！　ぺらぺらの半月かまぼこでは決して出合えなかったおいしさに呆然とする。くいくい、ぷりぷり。嚙むほどにしっかり味わいの芯が姿を見せる。かまぼこが魚のすり身でつくられているという当然のことを、今さらながらに思い知るのである。

知己とおしゃべりしていたときのことだ。伊丹十三さんと親しかった彼は、あるとき自宅に伺って酒宴となった。そのとき、おもむろに伊丹さんはかまぼこを取り出し、わしわしとちぎり始めたのだという。
「あのねキミ、これがかまぼこの一番うまい食べかたなのだよ」

作り方

①かまぼこ、または焼きかまぼこを手で3～4センチの大きさに揃えてちぎる。
②うつわに盛り、味噌を添える。

＊味噌は醤油やみりん、炒りごまを混ぜてひと煮たちさせたものを使ってもおいしい。

手拭いを裂く

自分に引き寄せる

ぴりぴりーっと空気もいっしょに裂く、あの爽快な音が好きだ。

手拭いを三つに折り、折りめ二カ所にあらかじめ小さく鋏を入れる。そして左右をしっかり握り、一気に力をこめて最後まで引き切る。ぴーっ。音も軽やかに、手拭いは一瞬のうちに裂かれる。もう一カ所おなじようにして、ふたたび、ぴーっ。長かった一枚を三等分、あっというまにちいさな四角い布巾三枚のできあがり。

乾きやすく丈夫な手拭いは、じつに便利な日本の生活用品だ。ただ、ときおり薄さや長さが仇《あだ》になることがある。薄いぶん乾きやすいけれど、すぐびしょびしょになる。たっぷりとした長さが、台所ではすこし手に余ることがある。手拭いにはなんの文句はなくても、ときと場合によって「帯に短し、たすきに長し」とつぶやいてしまうことがある。

手拭いは挨拶がわりや祝儀にも使われるありがたい存在だから、折々にいただいた手拭いが増えてゆく。棚のなかに重なってゆくのが申しわけなく、いかにももったいない。どうしたものか。

そこで、かんがえた。もっと小さくしたら、手に取る機会が増えるかもしれない。三つに分けてしまおう！　半分の長さの二等分より、いっそのこと三等分してハンカチ大。

定型の長さを想定した絵柄の手拭いをちぎるのは、さすがにちょっと抵抗があった。けれども、「使わずにそのまま簞笥《たんす》のこやしにするよりは」と思い直し、えいやと勇気を出して裂いてみたのである。

結果は大正解。小さくたたんで重ねておくと場所もとらず、とても手に取りやすい。さっとつまんで取って、使って、その場でささっと水洗いして干すと、たちまち乾く。最初から最後までいっさいの面倒がない。手軽で機能的なキッチンタオルとしての用途がぐんと広がって、手拭いの道はたちまち大きく広がったのである。遠慮を乗り越えて、よかった。

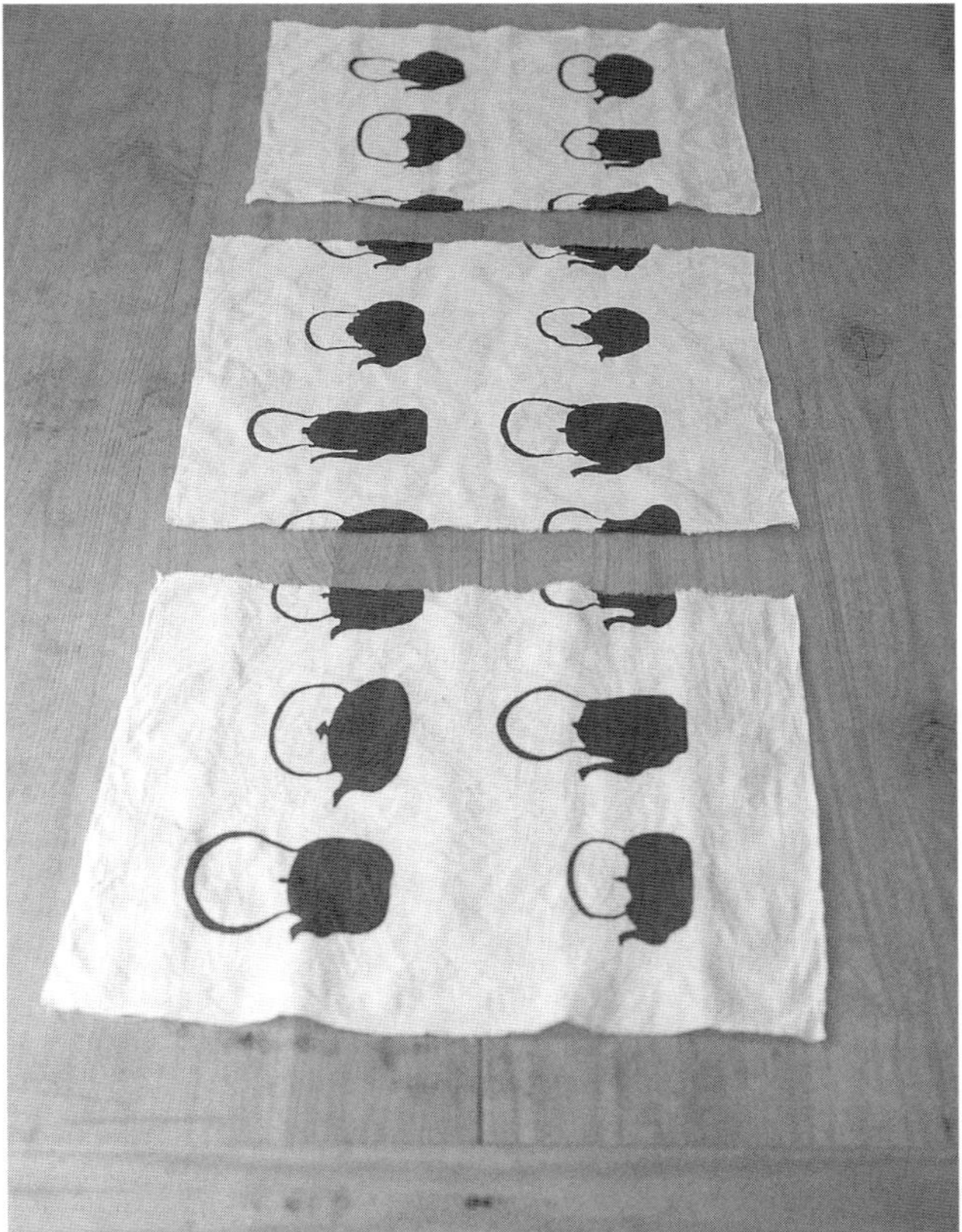

漬けものの瓶

昔ながらの道具はさすがです

商店街の荒物屋をのぞくと、すっかり目になじんだ昔ながらの道具が並んでいる。ときどきほこりをかぶって。それを見ていたらはっとした。そのほこりは自分の目のほうについているのかもしれない。

たとえばこの陶器の漬けもの用の瓶は、祖母の時代から、いやずっと昔から日本の台所では見慣れた存在である。あまりにも暮らしになじみ過ぎて、かえって目にも止まりづらい。ところが、こうしてまじまじ見てみると、うちに秘めたいろんな機能性が浮かび上がってくる。

たっぷり厚い釉薬がかかって表面がつややかなのは、漬けものや梅干しの酸に強く、発酵や熟成による変化に影響されにくくするため。ぬか床をぎっしり詰めても臭いが移らない。底の直径が広くて平ら、しかも持ち重りがするのは、長期間保存するとき安定を高めるため。ふたもしっかり厚くて重いのは、空気を遮断するだけでなく、ずれたり動いたりしないため。ふたと本体の縁はともに厚く、指を当てて持ち上げるときがっしり固定できる。持ち運びするときの重さに対する機能性もちゃんとかんがえられている。

日本全国どこにでもある生活道具なのだが、いざ使ってみると、その際立った機能に納得するいっぽうだ。長い間ひとの手で使われ続け、いわば暮らしのなかで鍛えられて辿りついたひとつの完成形がここにある。

すこし泥臭い赤茶色だから、敬遠するひともあるだろう。その場合は、ときどき色違いの灰褐色のものも目にするから、こちらのほうを。安価で、丈夫で、手入れも簡単。梅干しだけではなく、塩をした野菜を入れて重石をのせれば自家製の漬けものもあっというま。または、前日の夜にいったん沸かした水をこの瓶に入れておき、汲み置きをたっぷり保存することもできる。用途は意のまま、好きなように応用が効くところがいっそう頼もしい。

使ってみると、すぐわかる。定番の道具がすばらしいのは、使いはじめると、あっというまに周囲に溶けこんで気配を消してしまう。そこがまたすごい。

豆腐のオリーブオイルがけ

一度でやみつき

ただ変わった味、奇をてらった味というのは長続きしない。最初は新鮮に思えたとしても、結局は飽きてしまう。

そこで豆腐にオリーブオイルである。

「えっ、いやそんな」と尻ごみするだろうか。それとも「へえ、なるほど」と膝を叩くだろうか。どちらにしても、「だまされたと思って、まずは試してみてください」と言うほかない。これればかりは、じっさいに口にしなければおいしさはわかりにくいから。

豆腐を水切りして、うつわに盛る。そこにオリーブオイルを回しかけ、塩をパラパラと振る。ただそれだけのことなのだが、これがじつにこっくりとしたおいしさである。

「え？　豆腐ってこんな味だったの？」そう思えるのだから、これはもはや変わった味でもなければ奇をてらった味でもない。あっというまにわたしの定番になってしまった。

ただし、いくつかポイントがある。豆腐は水切りすること。もちろん時間のないときはそのままでも構わないが、水を切って味わいがぎゅっと濃縮された豆腐とオリーブオイルの相性のよさ、これが格別だ。あるとき来客にお出ししたら、彼女はなんと言ったか。

「これモッツァレラチーズ？」

もはや豆腐を超えた豆腐に変身するのだった。

かならず香りの高いおいしいエクストラバージン・オリーブオイルを使うこと。緑の香気高く、すっきりと切れのよいものであるほど、豆腐の持ち味をぐーっと生かしてくれる。

もうひとつ。オリーブオイルをかけたあとで、パラパラとおいしい塩を振ること。オイルに塩がくっついたところ、くっついていないところ。ひとくちのなかで、その変化が大豆の持ち味を逆に引き立てるのだ。

「すっかり醤油を使わなくなってしまいました」

みんなおなじことを言います。

作り方

①木綿豆腐1丁を30分ほど水切りする。
②①をお玉などで大きく切り分けてうつわに入れ、エクストラバージン・オリーブオイル大さじ3/4をかけて塩をふる。

干物サラダ

冷ましてから、ほぐす

おなじところをぐるぐる回ってしまう。自分ではそのつもりはないのに、景色はいつもおんなじ、走っている線路もいっしょ。代わりばえがしないから思考もぜんぜん弾まない……なんてこと、ありませんか。思いこみは、だから、危険。その気がなくても知らないうちになにかがどんよりダレている。これはつらいです。

思いこみを捨てれば、目のまえがぱっと明るくなるのは、料理もいっしょだ。豆腐は冷や奴、ほうれんそうはおひたし、じゃがいもは肉じゃが、どれも確かにおいしいけれど、一辺倒ではつまらない。だいいち、素材の味わいがひとところに固まったまま広がっていかず、新しい展開がない。

　さて、そこで干物である。干物はいつも、どんなふうに食べていますか。まず焼いて、さあ問題はそのあと。

　干物を焼いたらそのまま食べてももちろんいいわけだが、ちょっと発想を変えて、台所であらかじめ粗くほぐしてみよう。干物を食材に変えてみるのです。

　いちばんの気に入りは干物のサラダだ。野菜は三つ葉、クレソン、水菜、せりなど。夏場ならみょうがやしそもいっしょに。つまり、香りのある野菜をえらぶ。ほどよく水分の抜けた干物は、うまみがぎゅっと凝縮されていて、歯ごたえのある舌触りは、しゃきしゃきの野菜を生かす。ほら、野菜のサラダにはベーコンやハムが合うでしょう。それとおなじである。

　思いこみさえ捨てれば、干物の使いみちは一気に広がる。炒飯や混ぜごはんにさっくり混ぜると、やみつきのおいしさだ。

　使いかたのこつがひとつ、ある。干物をほぐすときは、必ず冷ましてから。身がきゅっと締まって、厚いほぐし身になる。焼きたてをほぐすと、もろもろに細かくつぶれて、そのぶん食べごたえが薄くなるから要注意。ちいさなことだが、「干物使い」の決め手である。

作り方

①あじの干物2尾をこんがり焼き、いったん冷ます。
②粗熱が取れたら、ざっくりと大きくほぐす。
③三つ葉5本を4～5センチの長さに切る。
④うつわに三つ葉をのせ、ほぐした干物をのせ、炒りごま小さじ1/2とすだちの搾り汁をたっぷりかける。

きゅうりのライタ

軽やかなサイドディッシュ

冷蔵庫のなかにヨーグルト1パックを欠かせない。忙しくて台所に立つ余裕のないとき、小腹が空いたとき、なにか少しだけ口に入れたいとき、ヨーグルトのお世話になる。食べごたえがあるから、満足感も充たしてくれるところも頼もしい。

ジャムをのせたり、はちみつをかけたり、ドライフルーツを入れたり、とかく甘い味に転びがちだが、ヨーグルトは塩味もなかなかです。塩との相性を知ると、ぐんとヨーグルトの味わいかたが広がる。

それを実感したのはインドの旅だった。インドの食卓では野菜や魚、肉をスパイスで自在に味つけした料理が並ぶが、そのサイドディッシュとして欠かせないのが「ライタ」。つまり、ヨーグルトに塩やスパイスで風味をつけた小さな一品である。これを口直しに食べたり、ときにはごはんにのせてカレーに混ぜたりもする。

むずかしいことはなにもない。「ライタ」の種類はたくさんあって、きゅうりを入れれば、きゅうりのライタ。たまねぎやトマト、青唐辛子を刻んで入れたりもする。思い立ったらすぐつくれる手軽さもうれしい。

じっさい、野菜とヨーグルトはとても合う。ヨーグルトの優しいとろみ、しゃきしゃきした歯ごたえのいい野菜、それをひとつにまとめるのが塩味とスパイスの風味だ。そうか、ヨーグルトには「噛んで食べる」おいしさがあったのかと実感する。

塩味のヨーグルトを知ると、甘いだけのヨーグルトがもの足りなくなる。あれはお子さまの味だったな、こっちの味も知らなくちゃ、などと悦に入ったりもする。

味覚がひとつ広がると、自然につぎの味覚の扉が開く。そんなうれしい経験を得る。

作り方

①ボウルにヨーグルト1/2カップを入れ、よく混ぜてなめらかにする。
②きゅうり1/3本をせん切りにする。
③ヨーグルトに塩小さじ1/4ときゅうりを加えて混ぜる。
④うつわに入れ、粉唐辛子とクミン各ひとつまみを散らす。

使わなくなった弁当箱

本日はうつわです

使わなくなった弁当箱が、棚のかたすみでふさいだ顔をしている。いっときはあんなに毎日手に取ったというのに、ひと区切りがついてお弁当をつくる習慣がなくなって以来、弁当箱にもとんとごぶさたである。

使われなくなった道具はぽつねんとしている。その哀しげな様子にいたたまれなくなり、懸命に頭を巡らせてみる。この弁当箱、どうにか生かしてやれないものか。

その夕暮れ、わたしはワインの瓶を手にしました。すっかりごぶさたしていた曲げわっぱの入れ子の弁当箱を取りだして詰めてみたのは、干しいちじく、プラムのドライフルーツ。ふたも使いました。こっちにはオリーブとチーズ入りスタッフド・トマト。首尾よくバゲットも用意して、日曜の日暮れどき、ころ弾むワインの夕べができあがった。

とても弁当箱とは思えない風景がうれしい。しっとり艶やかな溜塗《ためぬ》りの漆の肌に、オリーブのモスグリーン、いちじくの枯れたブラウン、トマトのみずみずしいレッド……いろんな色彩が混じりあっている。祝祭の空気さえ漂うのはなぜかしら。

それは、弁当箱が特別な空間を与えてくれたからだ。確かにうつわなのだが、しかし、皿ではない。皿ではないものに食べものを盛るときのうれしさにちょっと驚く。

弁当箱はじつに機能的である。前菜を盛れば、縁高《ふちだか》のうつわ。冷蔵庫の常備菜をぱぱっと盛り込めば、あっというまにりっぱな一膳。ひとりの食卓も、弁当箱ひとつでさくっと完結する。テーブルにつきたくないとき、弁当箱仕様の晩ごはんにすると気が晴れる。

使いようひとつでいくらでも活用できる弁当箱だから、少しばかり張り込んでも楽しみ甲斐のある、気に入ったものを。

本体2つとふた3つを組み合わせた静岡・井川メンパ。薄く切った檜を桜皮で止め、柿渋と漆で厚塗りする伝統的な手法で仕上げられる。かつて静岡県下では茶摘みやみかんの収穫時期、畑仕事にはこの弁当箱がなくてはならない存在だった。

土鍋

香ばしいおまけつき

土鍋のふたを開ける。はっと気づくと、その瞬間いつも息を詰めている。一気に開ける。ふわあーっと立ち昇る火傷しそうなほど熱いまっ白な湯気！炊きたてのごはんの甘い香りが胸の奥まで勢いよく流れこむと、しみじみつぶやきたくなる。

「このしあわせ、逃がさない！」

土鍋でごはんを炊き始めてから、十年ちかく経つ。もちろん、それまでずっと白菜鍋やら豚しゃぶやら、週末の鍋ものには必ず土鍋を食卓にのせてきた。

てしまいました。
しかし、鍋もの止まりだった食卓は、たった一度の土鍋ごはんでまるきり変わっ

気まぐれに土鍋で炊いてみたごはんは、ぴかぴかに粒立ち、ふっくらむっちり甘く濃く、嚙みしめたとたんつぶやいてしまった。ごはんというものは、これほどまで深い味わいだったのか——。

それから土鍋探しが始まった。炊きやすく（厚みひとつでごはんの味はずいぶん違う）、扱いやすく（重すぎれば運びにくいし、軽すぎれば割れやすいし）、そして食卓の上にのせればがぜん視線を集める器量よし。そんな土鍋や－い。

涙ぐましい努力の果て、ついに見つけた黒い土鍋が、ごはん炊きの友である。

「だけど炊きかたはむずかしいでしょ？」いいえちっとも。

洗ってからざるに上げておいた米と水を土鍋に入れ、ぶくぶく元気よく沸騰したら中火にし、穴から噴きだす蒸気が弱まったら火を消す。そして十分も蒸らせば、あとはもう！　ほかほかごはんのおいしさに涙するまで、ものの二十数分しかかからない。

そのうえ、土鍋ごはんにはおまけがついてくる。それは、鍋底にうっすら貼りついたこんがりきつね色のおこげ。カリッと香ばしい歯ごたえもまた、土鍋

の贈りものである。

――熱々が炊き上がったよ！　食卓でごはんをよそうのも、土鍋でごはんを炊く楽しみ。愛用の土鍋は二重ぶたつきの伊賀「長谷製陶」の土鍋。

急須

気に入りを手もとに

さあ、お茶でも淹れましょう。腰を上げて鉄瓶を火にかけたら、手を掛けるのは、いつもの急須である。

たとえば週末の一日。何度も急須を手に取ることになる。朝、起き抜けに熱い煎茶を一杯。掃除を終えて、ひと休みのおともに新しい一杯。昼ごはんのあと。三時のお菓子といっしょに一、二杯。買い物から戻って、ひと息ついて一杯。夜になればなったで、食後にやっぱり一杯。

つまりはお茶飲みなのである。ただし、お茶の時間は湯呑みを手にするもっと前、つまり急須を手にする瞬間からすでに始まっている。

戸棚で出番を待っている急須は、ぜんぶで三つ。それぞれに手取りの感触も、重さも、取っ手の握り心地も、湯の容量もキレ具合も微妙に違う。茶葉が大きくふくらむ煎茶なら、湯の通りがいいこっちの急須を。紅茶のときは、すっきりシンプルな白い磁器を。玄米茶をざぶざぶ淹れるなら、大きな土瓶を。

けれども、なにも急須をたくさんなんか、持っていなくたっていいんです。ほんとうは、お気に入りがひとつあればこと足りる。自分の手肌にしっくり馴染み、湯の切れ心地もなかなか——そんな急須と出合えたら、これはもう一生の伴侶である。

茶渋やお茶の色合いが急須にじんわり染みこんでいく。その風情の味わい深さは、自分だけのもの。日々の暮らしの時間は急須にも着々と積み重なってゆく。まずお気に入りの急須を手にすれば、それだけでおいしいお茶が淹れられる気がしてくる。

――たとえば、喜多村光史作、粉引ポット。毎日使いこむうち肌にとろりとまろやかな風合いが増し、ますます手離せない一品に育った。下に置いた布巾は、お茶を淹れるときの私の必需品。

スパイシー・フルーツ

香りひとふり、別世界

食後にほんの少しフルーツを食べたくなる。

以前は甘いものも楽しみだったが、だんだん食後の楽しみかたが変わってきた。甘いものはお茶の時間のおとも。食事を終えたあとは、すこし酸味があって、水気もたっぷりしていて、口のなかをさわやかに洗ってくれるようなフルーツを好もしく思うようになった。

とはいえ、ときおりデザートのお楽しみの風情も味わいたい。そんなときは、かならずこれ。いつものスパイシー・フルーツの登場である。つくりかたは、とても簡単だ。そのときどきのフルーツを食べやすく切って、はちみつか砂糖をまぶし、そこに好みのスパイスをふりかけて和える。

インドで覚えた食べかたである。フルーツにスパイスをかけると、フルーツの酸味や甘みがぐーっと奥深くなる。ときには、少しだけ赤唐辛子を振ることもある。すると、スパイスのふくよかな香りや風味が、フルーツの味わいにぐっと陰影を与えて立体的になる。

これは、これは！　初めて食べたとき、虚を突かれた。フルーツの持ち味はさわやかさだけではなかったのだ。ともするとフルーツは新鮮さがいのちのように思われるから、酸味や甘みを当たりまえのように受け止めてしまう。ところが、スパイスを得ると、とたんに違う顔が現れるからびっくりしてしまう。

バナナ、りんご、キウイ、オレンジ、グレープフルーツ……ありきたりのものなのにスパイスひと振りでたちまちべつものになるから、爽快だ。お客さまのときは、アイスクリームをぽんとのせたりもする。

もうひとつおまけがある。スパイスは消化を助けてくれる。ほんのりからだをあたためて、口のなかをさっぱり。おなかもすっきり。すとんと落ち着いて、さあそれでは本でも読みましょうということになる。

作り方

①好みのフルーツを用意し、皮をむいて食べやすく切る。
②ボウルの中に①を入れてはちみつ大さじ1とスパイス類（シナモン、カルダモン、クローブなどのパウダーをひとつまみずつ）、レモン汁大さじ1/2を加え、さっくりと混ぜて全体をなじませる。

スパゲッティ

アルデンテの秘密は水だった！

スパゲッティのおいしさは、歯にくいっと食いこむ瞬間にある。

どんなにソースがおいしくても、ゆで加減がふんにゃりしてしまったらだいなし。うどんが食べたかったわけじゃないよね、わたし。打ちひしがれてしまいます。その反対にしこしこの食感なら、チーズをかけただけのシンプルなスパゲッティでも、それだけで格別のひと皿だ。

だから、スパゲッティをゆでるときは、いつもどきどき――していますか？

ところが、絶対に失敗しない方法がある。たとえ小学生でも絶妙のアルデンテにゆでられる方法が。じつは、その秘密はゆでるときに使う水にある。

イタリアを始め、ヨーロッパの水はミネラル分を多く含む硬水。いっぽう、日本の水は軟水だ。軟水はミネラル分が少ないから、そのぶん素材の成分が水に浸出しやすい。だからこそ、かつおぶしや昆布などの味がたっぷり溶け出て、おいしいだしが引ける。日本の「だし文化」は、軟水があってのこと。

ところが、硬水はその逆だ。たとえばスパゲッティをゆでると、水中のミネラル分と麺のたんぱく質が結合し、きりっと嚙みごたえが出る。つまり、そもそもアルデンテは硬水があればこそ生まれた食感なのだ。イタリア人がみんなスパゲッティをゆでる名人ではなくて、水そのもののお手柄なんですね。

もうおわかりでしょう？　軟水でゆでるときは、ただでさえ柔らかくなるから細心の注意が必要になる。硬水を使えば、それだけで抜群の食感にゆで上がるのだ。

とはいえ、ゆでるためだけにミネラルウォーターをどっさり使うのも贅沢な話だ。だから私は、「ここ一番！」というときには超硬水をふつうの水で割って使ったりもする。

アルデンテの魔法がとけたら、とたんに気がらくになる。さあ硬水マジックでシンプルなトマトソースのスパゲッティでもつくりましょう。皮と種を取って、塩だけでさっと煮込んだトマトソースに、オリーブオイルをかけるだけ。ゆで具合さえよければ、シンプルなおいしさが一番。

作り方

①大きな鍋に硬度の高い水1・5リットルを入れて沸かす。
②沸騰したら塩大さじ1を加える。
③スパゲッティ2人分を入れ、ゆでる。

新しいろうそく

春になったら心機一転

春が来たら新しいろうそくを買おう。カーテンをこざっぱり新しく掛け替えるように。クッションカバーを、冬のフェルトから薄い木綿に替えるように。

ろうそくは、なにも夜の暗闇を照らすだけのためではない。たとえば、水がぬるんで空気に温かさが混じり始めた早春の夕暮れどき。一日が終わりを迎える準備にかかるころ、しゅっとマッチを擦ってみる。

小さな灯りが、ろうそくの先に灯って揺れる。部屋の空気が動くたびゆらりとそよぎ、ついこの間までのくぐもった冬の灯りとはまるで違う柔らかな安らぎを伝えている。訪れた新しい季節の喜びは、ろうそくの灯ひとつにも宿っているのだ。

ろうそくは部屋のなかに違う種類のものを何本か。背の高いもの、小さなもの。それぞれの灯りの大きさも長さも光の色合いも、微妙に違う。ひとひとりずつ、あたりに響く声の調子がすべて異なるのとおなじこと。一本一本火を灯せば、部屋のあちこちで重奏を響かせてそれぞれ物語を紡ぎはじめる。あとはもう、そのさまをぼうっと眺めて時間の流れに身をゆだねる。ただそれだけのくつろぎがうれしくて、早春の幕開けをことほぐ。

ろうそくは毎日違う表情を見せる。少しずつろうが溶けて短かくなると、ろうそくのかたちには微妙な変化が生まれ、昨日は見ることのなかった新しい灯りが育っているのを知る。ろうそくもまた、ひとつの時間の流れを生きているのだ。

ただし、灯りを消すときはくれぐれもご注意を。ふうっと勢いよく吹き消してしまえば、とろとろに溶けたろうがあちこちに散る。または、うっかり傾けてしまえばテーブルクロスに熱いろうが流れて浸み、泣きを見るはめに陥る。ろうそくの始まりとおしまいは静かに、おだやかに。

高低に差があるろうそくを隣同士に置いて灯せば、光の調子に複雑さが生まれてなお美しい。煤も煙も出ない蜜蠟《みつろう》のろうそくは手間がかからず使いやすい。

粉引のうつわ

ゆっくり時を刻む白

白いうつわは変化していくところが好きだ。

白い陶器、つまり粉引《こひき》のうつわは、土ものの素地に白い釉薬をほどこしたもの。すべすべつるつるの磁器に較べると、しっとり穏やかな肌合いにはおだやかな静寂が漂っている。ところが、その静けさの奥で、着々と変化が起こっているとしたら――。

じっさい、粉引のうつわには歳月が積み重なってゆく。盛った料理の塩や油、調味料の色、素材の水分……さまざまに吸収して、少しずつ変わってゆく。うつわが「育つ」のである。

「あら、勝手に育ってもらっちゃあ困るなあ」

たしかに。最初の白が好きだからこそ手に取ったのだから、あんまり羽目をはずされてもね。しかしながら、育ちかたは気性それぞれ、大きく違うのだから予測のつけようがない。たとえば、こんなふうに考えてはどうだろう——じっくり長年かけて育っていった粉引の白は、世界中どこにもない自分だけの白。使いかたや盛る料理が違えば、ほんの数年経っただけでスタート地点の白の表情とはまるで違っている。

あるとき、こんなことがあった。友だち同士いっしょに同じ粉引の鉢を買い、その数年後持ち寄りパーティでそのふたつの鉢が並んだことがある。私は息を飲んだ。ひとつの粉引は毎日毎日使いこんで、ほんわりにじんだ染みがいい具合い。もうひとつの粉引は、大事に囲いこまれたままと見えて、変化もなければ進歩も退歩もない。

あまりの違いを前にして、持ち主はふたり口を揃えて言ったものだ。

「なるほど、すました美人なだけじゃつまらない、ってこういうことなのね」

うつわにも山あり谷あり。すべてを受け容れてなおふくよかな魅力を湛えている。ふうむ。そのとき粉引の白に、人間味を重ねていた。

――釉薬の質や調子、かけ具合の厚さ薄さによっても、粉引のうつわの持ち味はそれぞれに異なる。一枚ずつ違う魅力を楽しみたい。

解説　美しい魔法

よしもとばなな

この本を読んだとき、私はとても悲しいお別れの時間の中にいて泣いていた。這うような気持ちで、次になにをしていいかわからないくらいだった。

でも、平松さんの文章を読んでいたら、まるでごはんをつくってもらったみたいに落ち着いてきた。夜中にそっととなりの部屋にいてもらったみたいに。泣いてしゃくりあげている私の前に熱い具沢山のお味噌汁を置いてもらったみたいに。泣きはらした目で目覚めて台所に行ったら、机の上に大きな塩むすびがぽつんとあったみたいに。

そういえば、私は出産のときも平松さんの本を持って産院に入ったのだ。平松さんの文章が生き方が、とても好きで、気持ちが落ち着くからと思って。生まれたての赤ちゃんが横にいながら読んでいたら、平松さんのおじょうさんが巣立ったときの文章ですでに泣けた。「私はもうお母さんになってるんだ」と思ったこと、一生忘れない。

そんな時間を平松さんにいただいたことが、やっぱり嬉しい。

色とりどりの素材、凝ったお皿。決して日常では創らないすごく手間のかかるおかず…そういうもののよさだってきっとあるのだろう。

でも、いろんなものをほんとうによく見たり食べたり感じたりしたら、料理とはなにかを人はきっと真に理解する。平松さんはそれを見てしまったし、わかってしまった人なんだと感じる。

それはこのあくまで有限な人生の中で、愛する人のために、あるいは自分を敬うために、植物であっても動物であってもとにかくほかのものの命をいただくこと。だからごまかしなく最高のものを引き出して最高のタイミングで、シンプルに味わうことが一生の思い出になるということ。体を養うために食べること自体ではなく食べた思い出もまた人生の宝だということ。イメージする力が食べることとほぼ同等であるということ。

高価で派手なメニューや特別な道具はこの本の中には載ってない。平松さんが生きて、歩いて、その手でくりかえし家族のために作ってきたごはんと、それを支える縁の下の力持ちの小道具さんたちばっかりだ。どういうときに食べ物が力を与えてくれるか、その力を引き出すためにはどうしたらいいのか、平松さんは考え抜いている。

だからこそ、この本は眠れない夜の子守唄みたいに優しいのだ。

いつかどこかでだれもが、このような優しいメニューに抱かれた思い出を持っている。

だからこそ、この本はごはんと同じように読んだ人に力をくれる魔法の本なのだ。

（小説家）

初出誌　『日経ＷＯＭＡＮ』二〇〇三年十月～二〇〇八年四月
「平松洋子のゆるゆる時間を食卓で」
単行本　二〇〇八年九月　日本経済新聞出版社

文春文庫

忙《いそが》しい日《ひ》でも、おなかは空《す》く。

定価はカバーに
表示してあります

2012年2月10日　第1刷
2021年10月25日　第9刷

著　者　平《ひら》松《まつ》洋《よう》子《こ》
発行者　花田朋子
発行所　株式会社 文藝春秋

東京都千代田区紀尾井町 3-23　〒102-8008
TEL 03・3265・1211㈹
文藝春秋ホームページ　http://www.bunshun.co.jp

落丁、乱丁本は、お手数ですが小社製作部宛お送り下さい。送料小社負担でお取替致します。

印刷・図書印刷　製本・加藤製本

Printed in Japan
ISBN978-4-16-780169-4

（　）内は解説者。品切の節はご容赦下さい。

高山なおみ
帰ってから、お腹がすいてもいいようにと思ったのだ。
高山なおみが本格的な「料理家」になる途中のサナギのようなころの、落ち着かなさ、不安さえ見え隠れする淡い心持ちを綴ったエッセイ集。なにげない出来事が心を揺るがす。（原田郁子）
た-71-1

高野秀行
辺境メシ
ヤバそうだから食べてみた
カエルの子宮、猿の脳みそ、ゴリラ肉、胎盤餃子……。未知なる「珍食」を求めて、世界を東へ西へ。辺境探検の第一人者である著者が綴った、抱腹絶倒エッセイ！（サラーム海上）
た-105-1

徳永　圭
ボナペティ！
臆病なシェフと運命のボルシチ
仕事に行き詰った佳恵はある時、臆病ながら腕の立つシェフ見習いの健司と知り合う。仲間の手も借り一念発起してビストロ開店にこぎつけるが次々とトラブルが発生!?　文庫書き下ろし。
と-32-1

中原一歩
小林カツ代伝
私が死んでもレシピは残る
戦後を代表する料理研究家・小林カツ代。「家庭料理のカリスマ」と称された天性の舌はどのように培われたのか。時代を超えて愛される伝説のレシピと共に描く傑作評伝。（山本益博）
な-81-1

西　加奈子
ごはんぐるり
カイロの卵かけごはんの記憶、「アメちゃん選び」は大阪の遺伝子、ひとり寿司へ挑戦、夢は男子校寮母…幸せな食オンチの美味しオカしい食エッセイ。竹花いち子氏との対談収録。
に-22-4

林　望
イギリスはおいしい
まずいハズのイギリスは美味であった!?　嘘だと思うならご覧あれ――イギリス料理を語りつつ、イギリス文化の香りも味わえる日本エッセイスト・クラブ賞受賞作。文庫版新レセピ付き。
は-14-2

平松洋子
忙しい日でも、おなかは空く。
うちに小さなごちそうがある。それだけで、今日も頑張れる気がした。梅干し番茶、ちぎりかまぼこ……せわしない毎日にもじんわりと沁みる、49皿のエッセイ。（よしもとばなな）
ひ-20-2

文春文庫　食のたのしみ

（　）内は解説者。品切の節はご容赦下さい。

サンドウィッチは銀座で
平松洋子　画・谷口ジロー

春は山菜、夏はうなぎ、秋は座敷で鍋を囲み、冬は山荘で熊料理！　飽くなき好奇心と胃袋で〝いまの味〟を探し求めた絶品エッセイと、谷口ジローによる漫画のおいしい競演。

ひ-20-3

ステーキを下町で
平松洋子　画・谷口ジロー

豚丼のルーツを探して帯広へ飛び、震災から復活した三陸鉄道うに弁当に泣き、東京下町では特大ステーキに舌鼓を打つ。かけがえのない味を求め、北から南まで食べ歩き。（江　弘毅）

ひ-20-4

ひさしぶりの海苔弁
平松洋子　画・安西水丸

このおいしさはなんですか。新幹線で食べる海苔弁の魅力、油揚げが人格者である理由、かまぼこ板の美学。食を愉しみ、食を哲学する名エッセイ。安西水丸画伯のイラストも多数収録。

ひ-20-6

あじフライを有楽町で
平松洋子　画・安西水丸

由緒正しき牛鍋屋、鯨の食べ比べに悶絶、パリのにんじんサラダの深さと濃さ。どこまでも美味しい世界にご招待！　「週刊文春」の人気連載をまとめた文庫オリジナル。（戌井昭人）

ひ-20-7

肉まんを新大阪で
平松洋子　画・下田昌克

「ぶたまん」の響きは、聞いたそばから耳がとろけそう――うれしい時もかなしい時も読めば食欲が湧いてくる週刊文春の人気エッセイ76篇を収録した文庫オリジナル。（伊藤比呂美）

ひ-20-8

食べる私
平松洋子

食べ物について語れば、人間の核心が見えてくる。デーブ・スペクター、ギャル曽根、田部井淳子、宇能鴻一郎、渡部建、樹木希林など29人と平松洋子による豊かな対話集。（岩下尚史）

ひ-20-9

かきバターを神田で
平松洋子　画・下田昌克

冬の煮卵、かきバター焼定食、山形の肉そば、ひな鳥の素揚げ、ちぎりトマトにニッキコーヒー。世の中の美味しいモノを伝え悶絶させてくれる人気エッセイ、文庫オリジナル。（堂場瞬一）

ひ-20-10